Diogenes Taschenbuch 24352

Michele Serra, geboren 1954 in Rom, ist landesweit berühmt für seine Kolumnen in *La Repubblica* und *L'Espresso*. Er schreibt für Theater und Fernsehen und hat Gedichte, Kurzgeschichten und Romane publiziert. Sein Buch *Die Liegenden* über eine Vater-Sohn-Beziehung war in Italien mit 350 000 verkauften Exemplaren ein Riesenerfolg. Michele Serra lebt in Mailand und im Apennin in der Nähe von Bologna.

Michele Serra

Die Liegenden

Aus dem Italienischen von
Julika Brandestini

Diogenes

Titel der 2013 bei
Giangiacomo Feltrinelli Editore, Mailand,
erschienenen Originalausgabe: ›Gli sdraiati‹

Die deutsche Erstausgabe
erschien 2014 im Diogenes Verlag
Covermotiv: Illustration von
Kobi Benezri

Veröffentlicht als Diogenes Taschenbuch, 2016

www.diogenes.ch
LM/21/852/3
ISBN 978 3 257 24352 9

Für Teresa und Giovanni
Für Tommaso und Federico

1

Wo zum Teufel treibst du dich rum?

Ich hab dich schon mindestens vier Mal angerufen, aber du hebst nicht ab. Dein Handy klingelt vor sich hin wie bei untreuen Ehemännern und beleidigten Geliebten. Jedes Tuten signalisiert aktive Verweigerung oder lässige Zerstreutheit, und ich weiß nicht, welches der beiden »Ich gehe nicht ran« verletzender ist.

Ganz zu schweigen von meiner Sorge, wenn ich dich nicht erreiche, was beinahe immer der Fall ist. Ich habe gelernt, sie als meine Schwäche zu betrachten, nicht länger als deinen Fehler. Doch das macht sie nicht weniger qualvoll. Jede Krankenwagensirene, jeder Bericht über einen Todesfall in den Nachrichten ist Öl ins Feuer meiner Ängste. Ich sehe zerschmetterte Motorroller, blutige Schlägereien, Opfer tödlicher Überdosis, Ordnungskräfte, die illegale Partys räumen. Mit selbstquälerischer Getriebenheit lese ich die fürchterlichen Schlagzeilen über deinesgleichen, zertrampelt im

Gedränge von Rave-Partys, dahingerafft von Chemiecocktails, abgestochen bei nächtlichen Randalen auf anonymen Diskoparkplätzen, totgetreten von Polizisten, die ihrer Uniform nicht würdig sind.

Eine unerwartete mütterliche Fürsorglichkeit untergräbt meine männliche Selbstsicherheit. Offenbar vereine ich beide Schwächen in mir: die Überängstlichkeit der Mutter und das Bedürfnis des Vaters nach Konsequenz. Ich stelle mir vor, wie ich dich rette und gleichzeitig ausschimpfe, eine schizophrene Karikatur von Autorität.

(Autorität: zu diesem Begriff veranstalte ich seit deiner Geburt ebenso hochtrabende wie ergebnislose Konferenzen. Jeder der Redner hat mein Gesicht, es ist eine Versammlung meiner geistigen Scherben, die ihre verlorene Einheit suchen, und jeder schimpft den anderen einen Dummkopf. Der Titel dieser seltsamen Zusammenkünfte müsste lauten: »Wie oft hätte ich dich in den Arm nehmen sollen, anstatt dich zum Teufel zu jagen. Und wie oft hätte ich dich zum Teufel jagen sollen, anstatt dich in den Arm zu nehmen.«)

Das Einzige, was ich sicher weiß, ist, dass du in diesem Haus ein und aus gehst. Die Spuren deiner Anwesenheit sind unverkennbar. Der Kelimteppich am Eingang ist ein kleines Gebirge aus Falten und Mulden. Das ehrbare Rechteck, um das man beim Betreten und Verlassen der Wohnung nicht herumkommt, ist entstellt vom Abdruck deiner riesigen Schuhe; jede Überquerung bringt eine Veränderung der ursprünglichen Form. Jahrhundertealte Handwerkskunst Dutzender Völker, kaukasischer maghrebinischer persischer indischer, wird von dir mit Füßen getreten.

Mindestens drei der vier Ecken sind nach oben gebogen, und zwei große, schräg zueinander verlaufende, wellenförmige Erhebungen verleihen dem Teppich das natürliche Profil der Erdkruste. In der kalten Jahreszeit entstehen auf dem streng geometrischen Muster des Kelims aus Schlammspuren und trockenem Laub gewagte Variationen von Land Art. Im Sommer ist die Verheerung geringer, im Vergleich zu ihrem winterlichen Triumphzug weniger eindrucksvoll. Das Schuhwerk, das seine zerstörerische Spur hinterlässt, ist immer dasselbe: Du und deine Clique habt Sandalen und Mokassins abgeschworen und tragt jahraus, jahrein diese Schiffe aus gepolstertem Kunstleder, im Schneematsch wie im glühenden Sand. Für euch hat der Lauf der Erde um die Sonne keine Bedeutung, ihr tragt immer dasselbe, ob ein Blizzard tobt oder die Sonne auf den Schädel brennt; Wetter ist nur ein belangloses Detail, das euch nicht kratzt in eurem Kokon.

Das Spülbecken in der Küche steht voll mit schmutzigem Geschirr. Saucenkleckse, bei diversen Kochgängen in die Platten eingebrannt, bedecken den Herd. Das ist der Normalzustand, und dann gibt es noch die Ausnahmen (die in fröhlicher Abfolge variieren) wie die verkohlte Pfanne, den abgebrochenen Henkel des Nudelsiebs, die Auflaufform mit einem Rest Makkaroni, die auf der Arbeitsfläche neben dem Kühlschrank vor sich hin schimmeln. Ein Handgriff, und sie wären gerettet, doch deine Meisterschaft, die Entropie der Welt voranzutreiben, besteht in genau diesem winzigen, kaum wahrnehmbaren Unterschied zwischen Tun und Nicht-Tun. Obwohl es eine Kleinigkeit wäre, den Kreis zu schließen, lässt du ihn offen. Du bist ein Perfektionist der Nachlässigkeit.

In der ganzen Wohnung stehen Aschenbecher herum, die vor Kippen überquellen. Ich hoffe, es sind nicht nur deine. Hie und da haben sich rebellische Einheiten aus den kleinen Haufen gelöst und sind über den Tisch zu Boden gerollt. Reste von Asche zieren insbesondere das Sofa, deinen bevorzugten Aufenthaltsort. Du lebst in der Horizontalen. Außer in der Küche, wo der Geruch nach ranzigem

Fett alles überlagert, wird die Wohnung vom Gestank nach kalten Zigarettenstummeln beherrscht, und sogar einem Raucher wie mir fällt es schwer, diesen tödlichen Dunst als Überrest eines Genusses zu betrachten. Der unverbesserlichste Nikotinjunkie müsste zweimal pro Woche hierhergebracht werden, um mit dem letzten Rest seiner Lungen diese verbrannte, stickige Luft zu atmen. Er würde geheilt.

In dieser dreckstarrenden, lichtarmen Umgebung leuchtet der weiße Fleck unter der Kaffeemaschine wie ein Heiligenschein. Er ist aus Zucker. Du findest es wohl spießig, mit dem Löffel ins Innere der Tasse zu zielen, und so verstreust du mannhaft, mit der großzügigen, kraftvollen Geste des Sämannes, deinen Zucker. Wenn man die Tasse dann anhebt, bleibt in der Mitte ein kleiner kreisrunder Abdruck zurück, und darum herum ein Kranz aus Zucker. Ich habe diesen Fleck liebgewonnen, beinahe so sehr wie die Ameisen, die von Zeit zu Zeit in Reih und Glied antreten, um dieses zufällig entstandene Gestirn heimzusuchen.

Auf dem Boden im Bad liegen lauter nasse Handtücher. Ein Handtuch auf den Handtuchhalter zu hängen ist eine Betätigung, die dir unverständlich scheinen muss, wie all die Betätigungen, die mit dem Schließen des Kreises zu tun haben. Wie eine Schublade wieder zu schließen, die du geöffnet hast, oder eine Schranktür. Wie auch deine Kleidungsstücke vom Boden aufzuheben und zusammenzulegen, deine Sweatshirts, die aussehen wie von einem Körper getragen, der aus nichts als Ellbogen besteht, ausgebeult auch an Stellen, die keinerlei Grund haben, es zu sein, und in denen noch das T-Shirt steckt, das du stets zusammen mit dem, was du darüber trägst, abstreifst. Deinen Oberkörper bedeckt ein einziges, vielschichtiges Kleidungsstück, das du beim Anziehen komponierst und beim Ausziehen nicht wieder in seine Einzelteile zerlegst.

Überall liegen verkrumpelte, schmutzige Socken, Tausende. Millionen. Da sie leicht sind und wenig Platz einnehmen, landen sie nicht nur auf dem Boden. Auch in den Regalen und auf den Ablagen, wie kleine Ballons, die ein geheimnisvolles Gas in jeden Winkel der Wohnung getrieben hat.

Irgendein Elektrogerät lässt du immer eingeschaltet. Auf den Wänden der dunklen Wohnung liegt stets der diffuse Widerschein von Kontrolllämpchen, LEDs und surrenden Bildschirmen – wie von der ersterbenden Glut eines Landhauskamins. Auf dem Fernseher in deinem Zimmer läuft oft auch in deiner Abwesenheit eine dieser amerikanischen Zeichentrick-Satire-Serien (*Family Guy* oder *Die Simpsons*), die das Konsumdenken aufs Korn nehmen. Oder der heißgelaufene Computer lädt, auf dem Bett liegend, Musik herunter (umsonst habe ich versucht, dich glauben zu machen, das sei gefährlich, weil du damit das Haus abfackeln könntest. Aus solch erbärmlichen Kniffen besteht meine Autorität).

Alles bleibt an, nichts wird ausgeschaltet. Alles steht offen, nichts wird geschlossen. Alles wird angefangen, und nichts beendet.

Du bist der perfekte Konsument. Der Traum eines jeden Despoten oder Funktionärs der gegenwärtigen Diktatur, deren wahnsinniges Bollwerk darauf baut, dass jeder Einzelne mehr verbrennt, als ihn wärmt, mehr isst, als ihn sättigt, mehr beleuchtet, als er ansehen kann, mehr raucht, als er rauchen kann, mehr kauft, als ihn zufriedenstellt.

2

Aller Voraussicht nach wird in der westlichen Welt die dominierende Klasse ab Mitte des Jahrhunderts die der Alten sein. Sollten zwischendurch keine Invasionen armer Völker auftreten (arm und jung werden dann, nein, sind es bereits, synonyme Begriffe), machen zukünftig die Menschen ab fünfundsiebzig aufwärts mehr als die Hälfte der Bevölkerung aus. Ich betone noch einmal: mehr als die Hälfte der Bevölkerung. Milliarden von klappernden Gebissen werden den Takt der verbleibenden Zeit angeben, Milliarden von Windeln die letzten Wassertropfen ausgetrockneter Körper aufnehmen. Eine vollkommen ausgelaugte und isolierte Menschheit wird versuchen, ihre Macht über die Grenze jeglicher Logik hinaus zu erhalten. Mit einiger Wahrscheinlichkeit werde ich Teil des Ganzen sein, wenn ich meine Arterien in Ordnung halte, das Trinken und das Rauchen aufgebe, keinen Käse mehr esse. Aber werde ich, zusammen mit anderen lebenden Kadavern wie mir selbst, im Park Tai-Chi machen können, ohne dass mir ein Scharfschütze von der Jugendlichen Befreiungsfront vom nächsten Dach aus eine Kugel in den Kopf jagt? Und so mit einem einzigen gutgezielten Schuss meinem – und vor allem seinem eigenen – Leiden ein Ende bereitet?

Diese spektakuläre Kriegsvision, hier nur leicht skizziert, ist eine der vielen spannenden Episoden des Letzten Großen Krieges, dem zwischen den Alten und den Jungen, der titelgebend ist für einen fulminanten, ultimativen Roman, an dem ich seit langem arbeite: *Der Letzte Große Krieg.* Mindestens zwei Bände. Von mehr als Tolstoi'scher Breite. Natürlich verlangt die endgültige Ausarbeitung eine sprachliche Reife, die man erst im Alter hat. Ich werde den Roman zwischen neunzig und fünfundneunzig schreiben, verbarrikadiert in einem strengbewachten Resort zusammen mit anderen vermögenden Todgeweihten wie mir, verteidigt durch bewaffnete superjunge asiatische oder afrikanische Söldner, die extrem gut dafür bezahlt werden, dass sie auf ihre Altersgenossen schießen und uns obszöne Todgeweihte beschützen. Bisher habe ich nur Notizen gemacht, einige Kapitel angelegt, an den Charakteren gearbeitet. Wenn du willst, gebe ich dir eines Tages mal etwas zu lesen.

Ich weiß noch nicht, ob ich die Alten oder die Jungen gewinnen lasse. Jeder Sieg hat sein Für und Wider, ich meine vom erzählerischen Standpunkt aus, denn vom biologischen Standpunkt gibt es keine Zweifel: Entweder gewinnt die Jugend, oder die gesamte Menschheit geht den Bach runter, zusammen mit der prächtigen Schleppe ihrer Kultur. Darüber hinaus ist es wahrscheinlich, ausgesprochen wahrscheinlich, dass ein fünfundneunzigjähriger Autor (so alt werde ich sein, wenn *Der Letzte Große Krieg* mit großem Tamtam erscheint) für das Überleben der Alten Partei ergreift, das aber heuchlerisch verschleiert, auch um die Leser und vor allem die Leserinnen nicht vor den Kopf zu stoßen, denen, wie jeder weiß, per definitionem das Fortbestehen der Spezies am Herzen liegt.

Der Held meines Buches soll deshalb zwei Aspekte in sich vereinen: sowohl die überlegene Weitsichtigkeit der Alten – das heißt, die des Autors selbst – als auch den Anspruch auf die diffuse, aber im Grunde zulässige Perspektive, die wir »Zukunft der Menschheit« nennen.

In einem Wort, der Held kann nichts anderes sein als ein Verräter. Er heißt Brenno Alzheimer (der Name steht noch nicht fest, ich fürchte, er ist vielleicht etwas zu karikaturistisch; denn *Der Letzte Große Krieg*, so viel sei gesagt, wird ein tragisches historisches Fresko). Er ist einer der Anführer der Alten, ein tatteriger, allseits respektierter Intellektueller. Doch er sympathisiert mit dem Feind, und im Geheimen arbeitet er für die Jungen, bis er schließlich der Sache sogar sein Leben opfert. Er fliegt auf, wird zum Tod durch Erschießen verurteilt, kann sich der Vollstreckung jedoch entziehen, indem er seine Medikamente gegen Bluthochdruck absetzt und vorzeitig dahinscheidet.

Brenno Alzheimer bin natürlich ich.

3

Heute bist du zusammen mit dem Rest der Stadt erwacht. Beim Anschwellen des menschlichen Konzerts (dem Dröhnen des Verkehrs, dem Rasseln der Rollgitter, dem Klackern der Schritte). Wenn die Menschen zur Arbeit gehen, die Kinder zur Schule, scheint alles neu und unberührt, alle sind Teil eines einzigen Rhythmus, Mitglieder einer einzigen Gemeinschaft.

Schade, dass die Stadt in deinem Fall Anchorage heißt.

Es ist sieben Uhr abends. Es wird dunkel. Für alle anderen naht die Stunde des Abendessens. Nicht für dich und deinesgleichen. Für euch naht oder flieht überhaupt keine Stunde. Weder die soziale Zeit – die der Uhren, der menschlichen Abmachungen – noch die natürliche – der Wechsel von Tag und Nacht, welcher der Welt den Rhythmus vorgibt und das Leben der Tiere und Pflanzen regelt, der Zeugnis ablegt für die Bewegung des Universums bis in die engsten Windungen unseres Lebensraumes hinein – scheint auf den Gang eures Lebens Einfluss zu nehmen.

4

Du schläfst. In deiner üblichen Position, auf dem Sofa, in Unterwäsche, vor dem eingeschalteten Fernseher. Ich schalte ihn aus. Das nun plötzlich stille Zimmer liegt in das sanfte Licht eines Herbstnachmittags getaucht. Dein Profil, nun schon beinahe das eines Erwachsenen, scheint etwas Zögerndes zu haben, als wollte das Kind, das du einmal warst, es noch nicht ganz freigeben. Dein lässig hingefläzter Körper steht im Widerspruch zu deinem unversehrten Gesicht, deinen makellosen Zügen. Dein Atem ist leicht, deine Stirn glatt, die Lider zart und unberührt wie ein nie aufgeschlagenes Buch. Wer weiß, vielleicht ist dies – genau dies – der letzte Augenblick deiner Kindheit. Das kindliche Leuchten wird verschwinden und im Lauf der Jahre immer seltener hervortreten, bis es im Alter nur noch sporadisch die Spuren seines Ursprungs verrät. Im Moment haben die Züge deines schlafenden Gesichts etwas Reines, das nie wiederkehren wird. Dein endgültiger Abschied von den (wenigen) Jahren der Unschuld ist schon darin enthalten.

Wie leicht war es, dich zu lieben, als du klein warst. Wie schwer, es weiter zu tun, jetzt, da wir etwa die gleiche Statur und Größe haben, deine Stimme der meinen ähnelt, dieselben tiefen Töne und Lautstärken hervorbringt.

Die natürliche Liebe, die man einem kleinen Kind entgegenbringt, ist kein Verdienst. Es braucht dazu nichts weiter als Instinkt. Auch Idioten und Zyniker sind dazu fähig. (Eine erstgebärende Hündin ist vollkommen unerfahren, doch sie reißt mit den Zähnen die Fruchtblase auf, leckt den Welpen die Schnauze, um ihnen das Atmen zu erleichtern, lässt sie an ihre Zitzen und ergibt sich dem besessenen Saugen von sechs oder acht Lebensräubern.) Erst Jahre später, wenn dein Kind (der hilflose Engel, der dir gottähnliche Gefühle verschaffte, weil du ihm Nahrung und Schutz botest – es gefiel dir, dich stark und gut zu fühlen) zu deinesgleichen heranwächst, zu einem Mann, einer Frau, zu einem wie dir, werden dir bestimmte Tugenden abverlangt, willst du es weiter lieben. Geduld, Willensstärke, Kompetenz, Strenge, Großzügigkeit, Vorbildlichkeit … zu viele Tugenden für jemanden, der nebenbei versucht, weiter sein Leben zu leben.

»Der nebenbei versucht, weiter sein Leben zu leben« ist die ehrliche Definition eines durchschnittlichen Elternteils. Für die Eltern meiner Generation, doch noch viel umfassender für frühere Generationen, die sich noch viel weniger von Gewissensbissen plagen ließen. Ich habe den starken Verdacht – beinahe die Gewissheit –, dass sie wesentlich bewanderter in der Kunst waren als wir, sich von ihren Kindern nicht überwältigen zu lassen.

Als ich klein war, durften die Kinder nicht mit am Elterntisch sitzen, bis sie sich zu benehmen wussten. Die Eltern wollten in Ruhe essen und reden. Kinder am Tisch stören, unterbrechen, wollen Aufmerksamkeit. Ich kann nicht sagen, ob es *richtig* oder *falsch* ist, sie vom Tisch der Großen zu verbannen. Es war jedenfalls zweckmäßig, nach meiner Erfahrung auch für uns Kinder.

Im Haus meiner Großeltern am Meer aßen mein Bruder und ich an den schier endlosen Sommerabenden vor allen anderen, in der Küche oder besser noch auf der Terrasse, an einem kleinen rot-weißen Eisentisch, ein Spezialmenü, womit uns das ekelhafte Zeug, das am Erwachsenentisch aufgetragen wurde, erspart blieb. Meist bekamen wir Suppe (am liebsten mit Grieß und viel Parmesan) und

Seezunge, Pfirsich in Scheiben und manchmal den Luxus einer Crème Caramel, die aus einer Form gestürzt und in Portionen geschnitten werden musste. Die Erwachsenen schauten abwechselnd bei uns vorbei, glücklicherweise blieben sie immer nur kurz, lächelten, stellten einsilbige Fragen, klapperten mit den Eiswürfeln in ihren Gläsern, dann verschwanden sie im Esszimmer, und wir blieben alleine, um in Ruhe auf einer Liege *Micky Maus* zu lesen, beim Zwitschern der Schwalben, im abnehmenden Licht. In solchen Augenblicken konnte es geschehen, dass die stillstehende Zeit meiner Kindheit warnend einen Schleier zu heben schien und ihr unbegreifliches Verstreichen zu erkennen gab. Doch es genügte das Hereinbrechen der Nacht mit all ihren blinkenden Sternen, den Lichtern der Schiffe auf dem Meer, dem Knistern und dem Gestank der Insekten und Nachtfalter, die am bläulichen Mückenschutz an der Terrassenwand verglühten, um alle Melancholie zu vertreiben und mir die unendliche Glückseligkeit des Sommers zurückzugeben.

Wenn ich jetzt daran zurückdenke, wird mir klar, dass ich diese getrennten Abendessen nicht als Ausschluss empfand, sondern als Befreiung. Solange ich mit meinem Bruder unter dahinsausenden Schwalben auf der Terrasse Grieß, Seezunge und Crème Caramel essen durfte, konnte ich Kind bleiben. Ein Kind *sein.* Dass ich von der Welt der anstrengenden, geistreichen, manchmal gereizten Unterhaltungen der Großen noch ein Weilchen verschont blieb. Es genügte mir, den murmelnden Widerhall dieser komplizierten Wortgeflechte zu hören, der bis zu meiner Liege drang. Er bescheinigte mir die beruhigende Nähe der Erwachsenen, derjenigen, die sich um mich kümmerten und mich beschützten. Ich stand am Rand ihrer Welt. Aber nicht außerhalb. Ich war Teil der Aura der großen Familie, aber durfte in Ruhe meine Peripherie des abnehmenden Lichts, der gedankenversunkenen Trägheit, der Unverantwortlichkeit genießen. Kind sein, ein Kind, das Crème-Caramel-Portionen zählt, sich fragt, wie viele davon es wird essen können, wie viele sein Bruder, und das zum Glück noch nicht weiß, dass dieses Zählen der Teile und Abschätzen des Hungers der anderen eine Vorbereitung ist auf den Kampf des Erwachsenenlebens, auf Ehrgeiz, Unterdrückung und Macht …

Wenn ich heute im Restaurant die Erwachsenen dabei beobachte, wie sie mit ihren schreienden, tobenden lieben Kleinen kämpfen, denen diese unnatürliche und chaotische Durchmischung keine Grenzen mehr setzt, denke ich sehnsüchtig an die glückliche Randstellung meiner Kindheit zurück, an dieses Vor-Leben, so reich an Düften und fröhlichem Alleinsein, an leerer, stiller Zeit. Oder wenn ich den traurigen Exhibitionismus von Kindern beobachte, die durch die Gefühlsrohheit ihrer Eltern zu deren Miniaturausgaben geworden sind – ihrer unreifen Eitelkeit und ihrem kindermordenden Voyeurismus hilflos ausgeliefert. Von dem Teil meines Gehirns aus, in dem wie in einem Miniaturparlament proportional zu Gefühl und Erfahrung die Reaktionäre thronen, wird die strenge Feststellung getroffen, dass jeder Zusammenbruch der Ordnung notwendig einen Zusammenbruch der Schönheit bedeutet. Und bevor eine neue Schönheit auf den Plan tritt und dem Leben seine Ordnung und Ruhe zurückgibt, können viele Jahre, viele Generationen vergehen. Die Liberalen können dem nichts entgegensetzen und beantragen eine Unterbrechung der Sitzung.

Du solltest mit mir auf den Colle della Nasca kommen. Du ahnst ja nicht, wie sehr es dir dort gefallen würde. Du ahnst ja nicht, wie gut es dir tun würde. Es sind sechs Stunden Weg; nicht zu viel, nicht zu wenig. Man übernachtet in dem kleinen Gasthof am Bach, steht um fünf auf, trinkt einen Kaffee, packt seinen Rucksack. Dann steigt man auf, steigt, steigt immer weiter durch den Lärchenwald. Das Licht des frühen Morgens dringt nur spärlich durch die dichten Zweige, es reicht gerade aus, um zu sehen, wohin man die Füße setzt. Man schwitzt und schweigt. Die Atmung wird schneller, unregelmäßig, findet dann langsam ihren Rhythmus. Am See angekommen, frühstückt man in den ersten Strahlen der Morgensonne.

Dann steigt man weiter auf, steigt, steigt bis auf über zweitausend Meter, über riesige Geröllfelder, zwischen Murmeltieren, die pfeifen und fliehen. Man schwitzt und schweigt. Man erreicht den Grat, man geht den Bergrücken entlang, eine Folge von

Auf- und Abstiegen, vor dem Gipfel des Corno Basso hält man sich rechts. Es ist wichtig, hoch über dem Tal zu bleiben, nicht an Höhe zu verlieren. Dann erreicht man, schwitzend und schweigend, die Rückseite des Berges und kommt auf einen zweiten Kamm, der auf einen Sattel zwischen zwei spitzen Berggipfeln aus Schiefer zuführt. Das ist der Colle della Nasca. Zweitausendsiebenhundert Meter. Hier gibt es nur noch Schiefer und Himmel. Es ist der schönste Ort auf der Welt. Ich war elf Jahre alt, als ich das erste Mal hinaufkam. Zusammen mit meinem Vater.

5

Deine Freundin Pia ist hier bei mir. Sie sieht eigentlich ganz hübsch aus mit ihrem Fußballer-Tattoo auf der rechten Schulter und ihrer Seeanemonen-Frisur.

Gestern habe ich sie vom Bahnhof in Livorno abgeholt, wie du mich gebeten hast. Um das zu tun, habe ich ein Abendessen verschoben, das seit zwei Wochen geplant war. Pia wusste, dass du deinen Zug verpasst hattest und nur vielleicht noch am selben Abend heimkommen würdest, doch deine Abwesenheit schien sie nicht sonderlich zu bekümmern und auch nicht die Aussicht, vierundzwanzig Stunden in meiner Gesellschaft verbringen zu müssen, also in Gesellschaft des unbekannten Vaters eines kaum bekannten Jungen. Sie scheint sich wohlzufühlen und hat es sich mit meinen Sachen bequem gemacht. Im Augenblick schaut sie auf *meinem* Fernseher eine *ihrer* Sendungen. Doch das alles sind willkürliche Ableitungen aus ungesicherten Daten. Pia formuliert nur wenige einsilbige

Worte, die darüber hinaus nicht an ihren einzig möglichen Gesprächspartner gerichtet sind, also mich, sondern an einen Unsichtbaren ein paar Meter zu meiner Linken, knapp über meinem Kopf. Dorthin richtet Pia starr ihren Blick, wenn sie – falls man das so nennen kann – spricht.

Ich habe mir erlaubt, sie mittags zu wecken, indem ich an die Tür deines Zimmers klopfte, wo ich sie fürs Erste untergebracht habe, bis du kommst und ihr eure Absichten erklären könnt (die, soviel ich weiß beziehungsweise nicht weiß, von keuscher Kameradschaft bis bevorstehender Hochzeit alles einschließen können). Sie hat einen asphaltgrauen Rucksack bei sich, den keine Wäscherei ohne Vorreinigung mit dem Flammenwerfer annehmen würde. Ich hatte bereits beinahe die Hälfte meines Tages hinter mir: ein paar Schwimmstöße im Meer in der frischen Morgensonne um acht, einen kleinen Einkauf, die Zeitungslektüre, ein paar Mails, einige dringliche Telefonate.

Es gab für mich zwei Gründe, Pia zu wecken. Einer davon ist allgemeiner Natur, der andere spezifisch.

Der allgemeine Grund besteht darin, dass ich in der Mittagsstunde und ihrer herkömmlichen Funktion als Trennlinie zwischen Morgen und Nachmittag eine Art richtigen Zeitpunkt für einen Kompromiss sehe zwischen den Gewohnheiten eines neurotischen Fünfzigjährigen, der es hasst, dem Schlaf zu viel lebenswerte Zeit zuzugestehen, und der darum schon um sieben auf den Beinen ist, und denen einer Siebzehnjährigen, die in der Lage ist, auch bis nach zwei Uhr nachmittags zu schlafen oder wenigstens im Bett zu liegen. Natürlich könnte Pia auch eine Ausnahme sein, beispielsweise erst um sieben Uhr abends vom Klirren der Gläser aufwachen, die unten auf der Strandpromenade für die Happy Hour bereitgestellt werden. Oder, wie es Legionen euresgleichen tun, tagelang überhaupt nicht aufstehen, sich der Herausforderung des Extremschlafes (der Hand in Hand mit dem Nächtedurchmachen geht), stellen, bis zum Gehtnichtmehr, bis hin zur Katalepsie. Doch nachdem ich ihr gestern Abend keinerlei Information über ihren Stoffwechsel habe entlocken können, ebenso wenig wie über jeden anderen Aspekt ihres persönlichen und sozialen Lebens, fühlte ich mich berechtigt, selbst zu entscheiden. In der Annahme, dass jedes menschliche Wesen an irgendeinem Punkt des Tages ausgeschlafen hat, die Augen öffnet und das Bett verlässt.

Doch es war der zweite, unvorhergesehene Grund, der mich dazu brachte, nicht mehr länger zu warten und Pia tatsächlich am Mittag zu wecken. Das Wetter schlägt um. Schwarze Wolken hängen über dem Meer, zerzaust und ständig neu zusammengefügt von heftigen Windstößen. Gleißendes Sonnenlicht und bedrohliche Finsternis wechseln sich ab. Die Luft ist aufgeladen mit purer Energie, mit dem verheißungsvollen Geruch eines nahenden Gewitters: Die Hundstage sind endlich bereit abzudanken, und mein Balkon ist die Königsloge, von der aus ich dem spektakulären Zusammenprall von Heiter und Stürmisch beiwohnen kann.

Ich hatte also die Idee, vielleicht das Bedürfnis, das Naturspektakel zusammen mit Pia zu erleben. Es schien mir auch deshalb eine gute Wahl, weil es sich nicht unbedingt um eine verbale Kommunikation handelt, wenn man sich für einen Augenblick unter demselben Himmel fühlt, im Angesicht von etwas, das unsere mehr als offensichtlichen Unterschiede für einen Moment außer Kraft setzt. Darüber hinaus glaube ich, dass kein Mensch dieser Welt, egal aus welcher wüsten Gegend, egal aus welcher Zeit er stammt – vom Londoner, der sein Taxi besteigt, bis hin zum Buschmann mit seiner Lanze, vom Neandertaler zum Nuklearphysiker –, angesichts eines solchen Cinerama-Bildes gleichgültig bleiben kann. Ich hoffte, dass bei der Betrachtung des Naturschauspiels sowohl Pia als auch ich uns von der Last befreit fühlen würden, ein Gesprächsthema zu suchen.

Genau das habe ich als Last empfunden, gestern in der Pizzeria, in die ich mit Pia gegangen war, nachdem ich sie abgeholt hatte. Pia dagegen schien das nicht zu kümmern, sie verschlang ihre Meeresfrüchte-Pizza und schaute dabei die Live-Übertragung eines dieser unglaublich tristen sommerlichen Lokalwettbewerbe, bei denen irgendein Landesrat ein Grußwort spricht und abgehalfterte Schauspielerinnen den Preisträgern zur Seite stehen, bei denen ein fröhliches Versinken in der Mittelmäßigkeit sowohl den Teilnehmern als auch den Zuschauern Erleichterung zu verschaffen scheint.

Wegen meiner vermeintlichen Pflichten als Gastgeber, als Erwachsener, als dein wenn auch unfreiwilliger Stellvertreter fühlte ich mich verpflichtet, Interesse für Pias Leben zu zeigen, da ausgeschlossen war, dass sie an meinem Leben Interesse haben und von sich aus Fragen stellen könnte. Ich befragte sie über die Schule, ihre Familie, die Ferien, ihre Kenntnis der toskanischen Küste, in der Hoffnung, dass sie sich zumindest ihres Aufenthaltsortes bewusst war, und bekam als Antwort kleine Fetzen eines Lebens hingeworfen, dessen Verlauf und Chronologie auch dem geheimnisvollen Ansprechpartner zwei Meter zu meiner Linken, knapp über meinem Kopf, verborgen blieb, an den sie sich wandte, wenn sie mal kurz den Blick vom Bildschirm löste.

Da mir also während des Abendessens nicht viel zu tun blieb, nutzte ich die Gelegenheit, darüber nachzudenken, warum ein Fünfzigjähriger sich verpflichtet fühlt, eine fast vollkommen fremde Jugendliche zu unterhalten, eine Jugendliche, die kennenzulernen er sich darüber hinaus nicht ausgesucht hat; wogegen Pia von keinem entsprechenden Bedürfnis oder Anliegen beseelt schien. Ich habe eine ziemlich ausufernde Liste von Gründen erstellt, die mich dazu bringen, bei Tisch eine, wenn auch oberflächliche, Unterhaltung zu pflegen: gute Manieren, ein freundlicher Charakter, Gefälligkeit dir gegenüber (du, nicht ich, solltest hier sitzen und Pizza essen, während Pia im Fernsehen den Preis von Grottamare oder Manfredonia oder Jesolo oder was auch immer guckt), Neugierde auf das Leben anderer, der Wunsch, den vermeintlichen Erwartungen eines Mädchens zu entsprechen, die sich vielleicht wünscht, dass eine ältere, wichtigere, wohlhabendere, gebildetere, mächtigere und erfahrenere Person – ein Erwachsener eben – Interesse an ihren Belangen zeigt.

Doch mir wird bewusst, dass all diese Gründe

auf mich zurückzuführen sind, auf meine Mentalität, meine Vorstellungen von Anstand. So weit ist es in den letzten Jahren mit meiner zunehmenden Überzeugung gekommen, dass meine Art zu handeln nicht auf einem objektiven Wertesystem beruht, sondern typisch ist für eine taumelnde und vielleicht dem Untergang geweihte Epoche, dass ich am Ende fürchtete, es sei unhöflich, mit Pia über Pia zu sprechen. Taktlos. Vielleicht zog sie es vor, den Preis von Ponza zu schauen, anstatt mir so kompromittierende Häppchen ihres Privatlebens zuzuwerfen wie »Ich war auf dem mathematisch-naturwissenschaftlichen Gymnasium«, was den längsten und komplexesten Satz darstellt, den ich bis dato aus Pias Mund vernommen habe.

Also schwieg ich schließlich, aß und schaute ebenfalls den Preis von Laigueglia. Natürlich habe ich am Ende die Rechnung bezahlt, und damit war Pia so selbstverständlich einverstanden, dass sie nicht einmal danke gesagt hat.

Ich weckte Pia also am Mittag, stellte ihr einen Kaffee auf den Nachttisch (den sie nicht trank) und wartete auf dem Balkon, bis sie ihr Aufwachritual vollzogen hätte, in dem Glauben, dass sie mir gleich darauf Gesellschaft leisten würde. Meer und Himmel hatten in der Zwischenzeit den Rhythmus und die Kraft ihrer Ouvertüre noch gesteigert, in der Erwartung, dass der Regenguss sein Werk beginne. Das Tyrrhenische Meer war bereit, alles zu geben. Kein Boot war mehr draußen, alle waren in den Hafen eingelaufen, das Meer ein Wirrwarr aus Schaum, der aufgeladene Geruch der Luft mischte sich mit dem der salzigen Gischt, die von den brechenden Wellen aufstieg.

Pia ließ sich nicht blicken, und ich wusste nicht, ob es aufdringlich war, sie zu rufen. Die ersten großen Tropfen klatschten auf die Fliesen der Terrasse, ich stand unter dem Vordach, wartete auf das Gewitter und auf Pia. Schließlich ging ich rein, um sie zu rufen, doch als ich ins Wohnzimmer trat, fand ich sie dort: Sie hatte sich aufs Sofa gelegt und den Fernseher eingeschaltet.

»Das Meer ist heute spektakulär, falls du es dir anschauen möchtest…«

»Was?«

»Das Meer. Wir sind hier am Meer. Von der Terrasse sieht man bis nach Capraia. Es zieht gerade ein Gewitter auf.«

»Ah.«

»Willst du lieber hierbleiben?«

»Es läuft die neue Serie Soundso.« (Irgendeine amerikanische Abkürzung wie Pi En Ju oder Ai Ti Si oder Uai En Ti.)

Ich bitte sie nicht, es zu wiederholen, mir genügt es zu wissen, dass dieses Soundso ihr sehr gefallen muss, denn sie wendet die Augen nicht vom Bildschirm, als sie mit mir spricht, und lässt es diesmal nicht nur mir gegenüber an Respekt fehlen, sondern auch dem Wesen zwei Meter zu meiner Linken, knapp über meinem Kopf. Daraus schließe ich, dass Soundso ihr sogar noch besser gefällt als der Preis von Ansedonia.

Ich gehe zurück auf die Terrasse. Als Kinofilm sähe die Szene so aus: An einem Tag der besonderen Pracht der Elemente, einem Tag von denen, die Spinoza den Ausspruch *Deus sive natura* entlockt haben, betrachtet ein Erwachsener auf einer Terrasse das Meer, an die Außenmauer einer Wohnung gelehnt. Drinnen, auf der anderen Seite der Mauer, kaum einen halben Meter entfernt, sitzt ein Mädchen in die entgegengesetzte Richtung gewandt und schaut Fernsehen. Von dem Mädchen wissen wir nicht, ob dieser Gegensatz in der Haltung und im Gesichtsfeld in ihr eine Unruhe, einen Zweifel weckt. Es ist beinahe sicher, dass sie keinerlei Bewusstsein davon hat, darum erlebt sie ihn mit ungezwungener Gleichgültigkeit.

Über den Erwachsenen wissen wir genauer Bescheid. Er möchte – mehr als er zugeben würde –

zu dem Mädchen irgendeine Art von Verbindung schaffen. Nicht weil *dieses* Mädchen ihn besonders interessiert. Sondern weil der Mann seit einiger Zeit merkt, dass er nicht fähig ist, eine wie auch immer geartete Beziehung zu Jugendlichen wie Pia – oder wie dir – zu knüpfen. Er weiß nicht – und kann es auch nicht abschätzen –, ob diese Mauer zwischen ihnen einfach die Neuausgabe des ewigen Konflikts zwischen Eltern und ihren Kindern ist, zwischen Erwachsenen und Jugendlichen. Oder ob etwas Unbekanntes, Mutagenes (das nicht unbedingt *schlecht*, aber *neu* und nicht mehr rückgängig zu machen ist) das Denken und Handeln der jüngsten Generation der Menschheit – eurer – so verändert, dass es sich von allem bisher Dagewesenen unterscheidet.

Natürlich ist die erste der beiden Hypothesen die tröstlichere. Es ist ein Knoten, der sich von selbst wieder löst, mit dem Voranschreiten der Generationen, wenn Pia wächst und älter wird und neue Generationen von Pias und damit neue Distanzen, neues Unverständnis in die Welt setzt. Eine Wiederholung des schon Bekannten, des bereits Geschehenen.

Aber was, wenn stattdessen die zweite Hypothese zuträfe? Wenn eine radikale Veränderung der Ausstattung unseres Gehirns nicht einfach eine gewöhnliche Abfolge unterschiedlicher Kulturen, Moden und Denkweisen bewirkt hätte, sondern eine definitive Trennung von Vergangenheit und Zukunft der Menschheit?

Ich betrachte meine Kübel mit Portulaken, die vom Wind und dem dicht prasselnden Regen gepeitscht werden. Der unbedeutendste Gedanke – wer wird diese Terrasse pflegen, wenn ich einmal nicht mehr da bin – ist gleichzeitig der qualvollste. Meine Großmutter, dann mein Vater haben vor mir diese Kübel gepflegt. Mit zehn füllte ich meinem Vater die Gießkanne, und die Leichtigkeit, mit der er einhändig diese zehn Liter Wasser handhabte, die ich ihm schnaufend und verlegen reichte, war etwas wie die Ziellinie meiner Kindheit. Jetzt, da ich mit denselben zehn Litern problemlos hantiere und also erwachsen geworden bin, wird mir bewusst, dass mir niemand die Gießkanne reicht. Eine Kette ist zerrissen – ich bin ihr letztes Glied. Daran gibt es keinen Zweifel. Ich bin das letzte Glied.

Du und Pia, zu welcher neuen Kette gehört ihr?

Das Unwetter peitscht über die Küste, die Strandpromenade, das Haus. Ein Riesengetöse. Ein Spätsommergewitter mit Hagelkörnern. Hört Pia wenigstens das Geräusch der fliehenden Jahreszeit?

Wenn ich sehe, wie blass du bist, denke ich, dass es dir guttäte, mit mir auf den Colle della Nasca zu gehen. Ich weiß, du wanderst nicht gerne, aber schau, das ist nur ein Vorurteil. Wandern ist Erlösung. Eine Heilserfahrung. Das musst du mir glauben.

6

Beim Elternsprechtag ist vor mir eine Mutter dran, eine hochgewachsene, blasse Dame, die ununterbrochen und ziemlich laut redet, nun schon seit gut zwanzig Minuten, und darüber klagt, dass der Sohn sich beim Lernen nicht konzentrieren kann, nicht dass er es absichtlich täte, im Gegenteil, er sagt selbst zu ihr, Mama, ich kann mich nicht konzentrieren, und das bedeutet doch, dass er sich des Problems bewusst ist, sich nicht konzentrieren zu können, und die Mutter hat eingesehen, dass es wirklich keine böse Absicht ist, denn wäre es böse Absicht, wäre es ihm egal, dass es ihm nicht gelingt, sich zu konzentrieren, und er würde gar nicht davon sprechen, aber er beschwert sich doch selbst ständig darüber, sich nicht konzentrieren zu können, es bekümmert ihn wirklich, sich nicht konzentrieren zu können, er selbst weiß genau, dass, wenn er all die Zeit, die er schon mit dem fruchtlosen Versuch verbracht hat, sich zu konzentrieren, oder damit, der Mutter zu erklären, dass es ihm wirklich nicht gelinge, sich zu konzentrieren, tatsächlich konzentriert über die Bücher gebeugt zugebracht hätte, das Problem bereits gelöst wäre, doch sie, die Mutter, weiß nicht, wie sie ihm helfen soll, wenn sie bei der Arbeit ist, ist sie natürlich nicht zu Hause, und wenn sie zu Hause ist, hat sie so viel im Haushalt zu tun, dass sie keine Zeit hat, dem Sohn dabei zu helfen, sich aufs Lernen zu konzentrieren, und selbst wenn sie sie hätte, wüsste sie nicht, wo anfangen, vielleicht gibt es ja bestimmte Techniken zur Konzentration, doch sie hat vergessen, den Professor, der den Sohn auf Legasthenie untersucht hat, danach zu fragen, der Sohn ist zwar kein Legastheniker, aber manchmal irren die Tests, und es wäre ratsam, sie jedes Jahr zu wiederholen, denn es ist unglaublich, wie schnell die Diagnostik voranschreitet, heute entdeckt man schon Formen von Legasthenie, die gestern noch unvorstellbar waren, ein bisschen wie bei den Nahrungsmittelunverträglichkeiten, man hat ja keine Ahnung, wie viele Menschen davon betroffen sind und es nicht einmal vermuten, zum Beispiel wurde die Legasthenie des Sohnes einer Freundin erst nach Jahren entdeckt, niemand hatte sie bei ihm vermutet außer der Mutter, aber man weiß ja, dass Mütter einen besonderen Blick haben, und die Ärztin, eine sehr gute Ärztin, fand es schließlich heraus, weil der

Sohn seine Bücher mit einem schwarzen Filzstift unterstrich, mit so krummen und schiefen Linien, dass er damit viele Wörter durchstrich, die er dann erst recht nicht mehr lesen konnte, da ist einer schon Legastheniker und soll auch noch einen halb durchgestrichenen Text lesen, zu allem Überfluss selbstverschuldet, so dass er es nicht einmal jemand anderem in die Schuhe schieben kann, man kann sich das Problem gut vorstellen, oder die zwei Probleme, die sich potenzieren, anscheinend besteht ein Zusammenhang zwischen der Legasthenie und dem Unvermögen, eine gerade Linie zu ziehen, wenn auch nicht bei allen Dyslexien, nur bei einigen, früher wurde man in der Schule natürlich getadelt, wenn man nicht schön schrieb, Kleckse machte, das Heft nicht ordentlich führte, damals waren sie sich nicht einmal der psychologischen Aspekte bewusst, die so etwas mit sich bringt, man hatte noch keine Ahnung, wie viele verschiedene Lernkrankheiten es gibt, wie viele nutzlose und dumme Bestrafungen man hätte vermeiden können, natürlich muss man diese Kinder besonders betreuen, aber wer hat die Zeit, und als wir zur Schule gingen, wer hat uns da betreut?...

Während sie den kurzen Satz »Wer hat uns da betreut?« ausspricht, meine ich, im monotonen Fluss ihrer Stimme etwas wie ein Erschrecken zu bemerken, einen kurzen Moment des Zweifels, in der Tat, meine Dame, uns betreute damals niemand, und wir haben uns trotzdem nicht am nächsten Balken aufgeknüpft. Die ahnungslosen Legastheniker, die nicht zertifizierten Kranken, die Gurken- und Roggenallergiker haben es teils besser, teils schlechter bis zum Abitur oder zum Diplom geschafft, und so hoffe ich einen Moment lang, dass die Mutter bei der Feststellung, dass uns – Glückliche – niemand betreute, zumindest zart von der Einsicht gestreift wird, dass das einzige Problem des Sohnes vielleicht darin besteht, eine derartige Nervensäge zu haben, die ihn betreut, ihn erstickt, ihn rechtfertigt, ihn bedrängt, ihm ein Alibi gibt, ihm Absolution erteilt, und während ihre laute, unmelodische Stimme weiter leere Behauptungen aufstellt, kunterbunt durcheinandergewürfelte Betrachtungen vorbringt, ohne jede wissenschaftliche oder logische Folgerichtigkeit, die alle einzig und allein in ihrer Fürsorgebesessenheit wurzeln, betrachte ich die versteinerte Lehrerin, die mit dem Kopf nickt, aber in Tat und Wahrheit – und zu ihrem eigenen Schutz – mit den Gedanken ganz woanders ist, bei den Arbeiten, die zu korrigieren sind, dabei, was sie am Nachmittag zu erledigen hat, oder bei ihren privaten Problemen, Hauptsache, sie kann wenigstens in Gedanken diesem qualvollen Beichtstuhl entkommen, wo panische, verwirrte, ahnungslose Eltern ihr Unvermögen in einem tödlichen Redeschwall aufbereiten, der sich einzig mit der Angst erklären lässt, nicht genug Mutter, nicht genug Vater zu sein, aber sicher nichts zu tun hat mit dem realen Leben des Sohnes, der sich vielleicht gerade geschickt einen Joint dreht, hochkonzentriert, im gebrauchten Panda eines befreundeten Sitzenbleibers.

Doch nein, in der Stimme der Mutter zeichnet sich keinerlei rettender Zweifel ab, das weitschweifige Klagelied reißt sie mit sich fort und entfaltet einen ungeahnten Sog – jetzt ist es nicht mehr die Legasthenie, sondern der abwesende Vater, der, obwohl er Apotheker ist, dem Sohn nicht in Chemie hilft –, und die arme erstarrte Lehrerin sieht jetzt aus wie eines dieser Autos in den Nachrichten, die vom Hochwasser eines Flusses an eine Stelle geschwemmt worden sind, an der sie von alleine niemals gelandet wären. Schon von Anfang an liegt die Stimme der Mutter mehrere Dezibel über der Schwelle der Diskretion, zum Ausgleich ist sie so monoton, dass man sie auf einer einzigen Notenlinie notieren könnte, Seite um Seite von ununterbrochenem Lalalalalalalalalalalalala, aus dem der Atem aufzutauchen versucht wie ein ertrinkender Hund, derweil ich es leider nicht schaffe, nicht zuzuhören, obwohl ich bereits so weit zurückgetreten bin, dass ich eine weitere Mutter angerempelt habe, den Prototyp einer mit Medikamenten vollgepumpten Depressiven, der ich zum Glück nicht mehr werde zuhören müssen, weil ich, wenn sie ihr Unvermögen auszubreiten beginnt, bereits den Schlüssel ins Zündschloss meines Autos stecken und die Flucht ergreifen werde.

Was mich betrifft, so fühle ich mich in den Momenten, da die Türen und Fenster zu der abgrundtiefen Trägheit unserer Söhne und Töchter aufgestoßen werden, in den Momenten diffuser väterlicher oder mütterlicher Komplizenschaft genauso unwohl, kein bisschen besser als die anderen. Ich erkenne in meinem Ausweichen, meinem Schweigen denselben Mangel an Einfluss, dieselbe Haltlosigkeit. Der naseweise Reaktionär, der bestimmte Bereiche meiner Psyche bewohnt, ergreift angesichts meiner Unsicherheit das Wort und gibt die Anekdote des Vaters des großen Denkers Giorgio Amendola zum Besten, der einmal im Jahr zum Lehrer seines Sohnes ging, nur um ihm zu sagen: »Hören Sie, mein Sohn ist ein Idiot, lassen Sie ihn guten Gewissens durchfallen.« Dabei war der arme Giorgio Amendola vielleicht ein nicht diagnostizierter Legastheniker, oder er hatte eine Rübenunverträglichkeit.

Ein andermal, nach einem Wortgefecht mit einem Grüppchen hingefläzter Pickeliger im Bus, kommt in mir der alte Griesgram hervor und flüstert mir den großen Klassiker des reaktionären Denkens ein, der da lautet: »Man bräuchte alle zwei Generationen einen schönen Krieg, um euch den Kopf geradezurücken«, o ja, der Krieg als Reinigung der Welt, Auswahl der Starken, Lektion für die Schwachen, der Krieg, der an alle Türen klopft, nein, sie aufbricht, Schläge austeilt, dass die Wände erzittern – dass du einen Satz machst und einen Angstschrei ausstößt, obwohl deine Ohren unter Kopfhörern stecken, weil du, wie immer in der Horizontalen, dich von deiner Musik berieseln lässt. Du mit deinen Kopfhörern. Wenigstens dem Krieg, wenigstens ihm würde es gelingen, in dein in Watte gepacktes Leben einzudringen …

Wisst ihr, ich könnte durchaus Gefallen finden, besonders an manchen Tagen, besonders angesichts gewisser Ansammlungen schwachsinniger Achtzehnjähriger, an der Idee eines schönen Krieges alle zwei Generationen (vorausgesetzt, dass es nicht unbedingt meine erwischt), der die Szenerie radikal verändern würde. Unter der Bedingung, dass zusammen mit den Jugendlichen auch die alten Dreckschweine, die ihn vorbereitet und erklärt haben, an die Front ziehen, und zwar unter exakt denselben Voraussetzungen, mit demselben Risiko, dabei zu krepieren. (In dem Zusammenhang werde ich wohl den gewagten Entwurf zu meinem großen Roman *Der Letzte Große Krieg* unter ethischen Gesichtspunkten noch einmal überdenken und – angesichts ihrer übermächtigen Zahl – mehr Alte sterben lassen als ursprünglich geplant.)

Während die verrückte Mutter langsam zum Ende kommt (sie vermutet, dass der Sohn neben seiner Legasthenie auch einige unheilbare Traumata in frühester Kindheit erlitten hat), gelingt es mir endlich, mich abzulenken, und ich entwerfe in meinem Kopf ein entscheidendes Kapitel meines Kriegsepos, nämlich das über die Schlaflosigkeit als wichtigste Waffe der Altenlegion, die zwar weniger Energie, weniger Muskeln, weniger Adrenalin ins Feld führen kann, dafür ein überwältigendes Ausmaß an Zeit. Während die Jungen schlafen – darauf würden sie nie verzichten –, planen die Alten langsame, aber unerbittlich voranschreitende Märsche vor dem Morgengrauen. Schildkröten, die den Hasen eins auswischen.

Darum merke ich nicht, dass endlich ich an der

Reihe bin, im Geiste bin ich damit befasst, wenigstens die Einleitung des Kapitels über die Alten und ihre entscheidende Waffe der Schlaflosigkeit zu verfassen, und die Lehrerin muss ihr »Bitte nehmen Sie Platz« mehrfach wiederholen, nachdem die verrückte Mutter (ach was, verrückt … sagen wir, eine durchschnittlich Verrückte ihrer und unserer Zeit, meiner Zeit) sich in nichts aufgelöst hat wie ein Furz im Wind. Die Lehrerin schaut mich an, wohl unsicher, ob ich nur zufällig hier herumstehe, die Mutter hinter mir berührt mich am Arm: »Sie sind dran«, ich gebe mir einen Ruck, lächle, liebend gerne würde ich jetzt vorbringen: »Ich bin der Vater von Giorgio Amendola und wollte Ihnen sagen, lassen Sie alle durchfallen, allen voran den Einzeller, der sich nicht konzentrieren kann, dessen Mutter uns gerade mit ihrer erbärmlichen Litanei behelligt hat«, stattdessen sage ich: »Ich bin der Vater von Soundso, guten Tag«, und wie alle anderen stimme ich ein nebulöses Geschwätz über eine Person an, die wir beide wenig und schlecht kennen: meinen Sohn, dessen Schicksal uns Tag für Tag aus den Händen gleitet, weil das Leben nun einmal so ist.

Wenn du nicht mit mir auf den Colle della Nasca kommst, schlägst du nicht mir ein Schnippchen. Du schlägst es dir selbst.

Los, komm mit mir auf den Colle della Nasca. Wir fahren Freitag früh los, und Samstagabend bist du wieder zurück, um mit deinen Freunden auszugehen. Ich bitte dich. Tu es nicht für mich. Tu es für dich.

7

Bei Carla, zur Lese des Nebbiolo, waren wir sieben minus zwei. Fünf Erwachsene, alle über fünfzig. Dazu du und dein Cousin Pedro: minus zwei.

Es war einer jener Spätseptembertage, die einen Kranken gesund machen können. Kurz nach Sonnenaufgang begannen die Nebel der Nacht talwärts zu kriechen, als würden sie von der Erde aufgesaugt. Ein helles blaues Licht überflutete den Rest der Welt, von den Langhe bis zu den Alpen. Die Trennlinie zwischen Himmel und Erde war so scharf gezeichnet, dass auch mit bloßem Auge kleinste Details erkennbar waren, Hütten auf fernen Gebirgskämmen, Autos auf den Serpentinenstraßen anderer Provinzen, Bäume und Dächer, die aus dem Dunkel ans Licht der ersten Morgensonne traten.

Atemberaubend.

Wir Erwachsenen waren schon auf und betrachteten alle fünf mit dem Kaffee in der Hand den neuen Tag, der uns mit seinem aufsteigenden Licht verzauberte. Es wäre nicht nötig gewesen, so früh aufzustehen, einen halben Hektar Weinberg abzuernten dauert nicht sehr lange. Es war die allgemeine Vorfreude, die uns aus dem Bett trieb, auf diesen besonderen Tag, dieses jahrhundertealte rituelle Gemeinschaftserlebnis, das die Menschen zusammenschweißt, an die Erde und den Wechsel der Jahreszeiten bindet. Nachdem einer nach dem anderen die Fensterläden geöffnet und gesehen hatte, wie die Sterne verblassten und ein strahlender Morgen erwachte, packte uns eine Art Euphorie, worauf von einem Zimmer ins nächste gerufen wurde, dass es gleich losgehe.

Im Auto auf der Hinfahrt am Tag zuvor hatte ich versucht, es euch zu erklären, dir und Pedro, dass ein Tag der Lese kein Tag ist wie jeder andere und dass es ein wahrhaftiges Privileg ist, sie in den Piemonteser Langhe erleben zu dürfen, etwa so, wie *Rigoletto* in einer Loge des Teatro Regio di Parma zu hören, in der Bretagne Meeresfrüchte zu essen, einen Damenhut in Paris zu kaufen oder die Premiere eines Musicals am Broadway zu besuchen. Etwas in seiner Essenz zu erfahren. Beim Verlassen der Schnellstraße, während wir zwischen Haselnusssträuchern und Weinbergen an Höhe gewannen, schielte ich in den Rückspiegel, um zu sehen, ob ihr zwei da hinten beeindruckt wart von den Veränderungen der Landschaft, ob es euch interessierte, wie die Menschen hier leben. Doch ihr hattet beide die Augen aufs Handy gerichtet, vermutlich um mit den anderen eurer Bande zu chatten, und vor dem Fenster hätte auch die Chinesische Mauer, die rote Wüste des Mars, ein Überfallkommando der leichten Kavallerie vorbeiziehen können, es wäre euch vollkommen gleichgültig gewesen. Ebenso wenig – wird mir bewusst – konnten euch die Bemerkungen der Erwachsenen aus eurem Autismus reißen, egal wie sehr sie sich als kumpelhafte Scherze ausgaben.

Am Vorabend der Lese hatte ich mir einige Hoffnungen gemacht. Die Tischrunde bei Carla und Gildo ist offen und herzlich, und während des Abendessens hatte ich den Eindruck, dass du und dein Cousin mit von der Partie wart. Als wir bei Holunder-Crostata und Barolo Chinato angekommen waren, zum Abschluss einer denkwürdigen Abfolge von Rotweinen, wart ihr bereits in einem der Zimmer verschwunden, um mit euren Funkgeräten der zehnten oder elften Generation herumzuhantieren, diesen tragbaren flachen Dingern, die immer und überall alle mit allen verbinden und darum hauptsächlich mit sich selbst (da ›alle‹ keine denkbare und handhabbare, real existierende Einheit ist). Doch es war mir vorgekommen, als wäre eure ausgiebige Anwesenheit bei Tisch – beinahe zwei Stunden statt der üblichen drei Minuten – nicht nur ein Zeichen dafür gewesen, dass euch das Essen schmeckte, sondern dass ihr euch in der Runde wohlfühltet. In anderen Worten: Auch ihr beide – unglaublich, aber wahr – wart gekommen, um dieselbe Sache zu tun wie wir Erwachsenen: zu ernten.

Für den nächsten Tag hatten wir nichts Genaues vereinbart. Wir hatten keine Zeit ausgemacht, nur die generelle Bitte ausgedrückt, nicht allzu lange zu schlafen und darum das Licht nicht allzu spät auszuschalten. Diese Bitte war nicht in Worte gefasst worden. Sie lag in der Natur der Sache, oder wenigstens sahen wir alle das so: Worte wurden wenige verschwendet, abgesehen von meinem Appell vor deiner und Pedros Tür gegen Mitternacht, nicht mehr zu lange aufzubleiben.

Jetzt sehe ich ein, dass es naiv war zu glauben, das frühe Aufstehen und der Rhythmus des folgenden Tages ergäben sich ›aus der Natur der Sache‹. Diese ›Natur der Sache‹ ist selbstverständlich für diejenigen, die sie spüren, diejenigen, die in der Realität verwurzelt sind, die in der Realität etwas Lebenswertes sehen. Für mich, für Carla und Gildo, für die anderen beiden Freunde, die mit zur Lese gekommen sind, liegt beinahe alles in der ›Natur der Sache‹.

Aber für euch?

Wer sagt denn, dass die Rangliste der Freuden für alle immer gleich ist? Wer behauptet das? Für mich ist die Freude an der Weinlese, wie so viele andere Freuden, eine objektive Tatsache. Dem Hunger, den Entbehrungen, dem Tod entrissen, über Tausende von Jahren von Hunderten Generationen kultiviert. Das Handwerk, die Technik, das gesammelte und überlieferte Wissen. Ein bestimmter Ort auf der Welt. Ein bestimmter Tag des Jahres. Ein bestimmter Rhythmus, eine bestimmte Reihenfolge der Handlungen. Bestimmte Menschen, die aber auch für all die Tausenden anderer Menschen dort stehen, die ihnen zwischen diesen Weinstöcken, auf dieser Erde vorausgegangen sind.

Aber du und Pedro bezieht eure Emotionen aus anderer Quelle. Ich weiß nicht, ob nur jetzt oder für immer, ob nur mit euren achtzehn Jahren oder für den Rest eures Lebens, aber so ist es. Natürlich fühlte ich mich mit sechzehn oder achtzehn wie ihr fremd (gegenüber der Welt der Erwachsenen). Und doch nicht wie ihr. Sicher nicht wie ihr. Ich betrachtete die Welt der Erwachsenen als etwas, das es zu erobern galt. Wollte ihnen nacheifern, um sie dann, eines Tages, zu entthronen. Und der Thron, den ich erobern wollte, war der, auf dem sie saßen. Dieselben Städte, dieselben Häuser, dieselben Zimmer wollte ich besuchen, dieselben Reisen unternehmen, aber besser als sie, freier, genussvoller, mit weniger Vorurteilen. Wenn ich merkte, dass die Erwachsenen besonders aufgeregt waren, trieb mich meine alles verschlingende Neugier dazu, genau hinzusehen, meine Sinne in Alarmbereitschaft zu halten, um nur ja nichts zu verpassen. Wenn ich sie »wunderschön!« sagen hörte, versuchte ich sie zu verstehen, und zwar schnell, entweder um ihr Urteil zu übernehmen oder abzulehnen, es mir zu eigen zu machen oder es ihnen zu überlassen. Ich hatte Angst, etwas zu versäumen, die Eintrittskarte zu verlieren.

Natürlich war ich nicht leicht zu überzeugen. Ich war stolz darauf, mich nicht verführen zu lassen. Ich wollte selbst entscheiden, was für mich und mein Leben ›wunderschön‹ war. Doch ich war durchlässig für das Leben der Erwachsenen – nicht so sehr für ihre Worte, sondern vielmehr dafür, wie sie lebten, was sie taten, wie ihre Kleider rochen, ihre Möbel, ihre Häuser –, es formte mich, weil es mich abstieß oder anzog, ich entdeckte dadurch mich selbst. Ich war weder folgsamer noch sensibler, noch intelligenter als du. Doch ich gehörte einer Epoche an – der letzten? –, in der der Konflikt zwischen Jung und Alt auf demselben Kampfplatz ausgetragen wurde. Jetzt habe ich den Eindruck – den Verdacht?, die Sorge? –, einer so radikalen Veränderung beizuwohnen, dass du und ich wohl kaum eines Tages an derselben Sache Vergnügen finden werden. Ich weiß nicht, was ich dafür geben würde, mich einmal mit dir vor dieselbe Landschaft setzen und schweigend die Form und Ordnung der Dinge genießen zu können.

Ich weiß, dass du nicht dasselbe Bedürfnis hast. Natürlich willst du nicht mit *mir* zusammen eine Landschaft betrachten. Ich glaube, anderen Eltern geht es genauso, wenn sie mit ein wenig mehr als der simplen finanziellen und leiblichen Unterstützung am Leben ihrer Kinder teilhaben wollen. Aber wirst du im Leben je auf eigene Faust Ende September in die Langhe fahren, zusammen mit einer Frau, einem Freund, irgendjemandem? Ich meine, erfasst du da hinter deiner Mauer, natürlich ohne mich etwas davon merken zu lassen, wenigstens ein bisschen etwas von meinem Leben? Und wie mache ich dir begreiflich, dass es mir nicht um *mein* Leben geht, sondern um das Leben an sich, dessen unbeholfener Zeuge ich bin?

Jedenfalls wurde es neun, es wurde zehn, wir pflückten Trauben und füllten die Katen, redeten und scherzten. Doch je später es wurde, je anstrengender die Lese und je schwerer die Ernte, desto größer wurde die Verlegenheit, die euer Fehlen auslöste. Diese Verlegenheit lastete vor allem auf mir. Warum hatte ich euch nicht geweckt? Warum hatte ich so schnell aufgegeben, als ich kurz nach zehn hinaufgegangen war, um euch zu rufen, was euch nur ein komatöses Grunzen entlockte? Warum habe ich euch nicht einfach aus den Betten geworfen?

Gegen Mittag wurde euer Dauerschlaf vom unterschwelligen Thema zur lebhaften Debatte. Carla sagte, sie habe euch mitten in der Nacht in eurem Zimmer reden und lachen gehört, wer weiß, wann ihr eingeschlafen seid. Gildo versuchte es auf kabarettistische Art und schlug diverse Methoden vor, mit denen Rekruten geweckt werden, vom Eimer Wasser bis hin zum Ins-Ohr-Brüllen. Die Heiterkeit kippte jedoch bald, die Nachsicht schwand, und bald schon breitete sich zwischen den Weinstöcken ein Gefühl der Verärgerung aus, das Anlass zu teils strengen, teils resignierten Betrachtungen gab. Vielleicht wenn wir sie bezahlen, vielleicht zum Mittagessen, wenn wir ihnen die Fleischsoße unter die Nase halten, vielleicht wenn wir sie mit einem Knüppel herausprügeln, vielleicht wenn wir einen Veteranen der Fremdenlegion als Erzieher engagieren, vielleicht wenn wir sie auf Knien bitten, vielleicht übers Internet, vielleicht überhaupt nicht, was letztlich auch gar keine Rolle spielt, denn die Trauben würden ihnen sowieso zu Boden fallen und im einzigen Loch der Langhe landen – und es entstünde der erste Höhlen-Nebbiolo aller Zeiten.

Bis Stefano, Nachbar von Carla und Gildo und Ältester der Truppe, schließlich einen Satz formulierte, der so zutreffend und unerbittlich war, dass er sich mir sofort einprägte – ich höre noch den ruhigen Tonfall, in dem er gesagt wurde, die Stille, die darauf folgte, und wie wir gleich danach das Thema wechselten und die Unterhaltung wiederaufnahmen. Er sagte: »Eine Welt, in der die Alten arbeiten und die Jungen schlafen, so etwas hat es noch nie gegeben.«

So etwas hat es noch nie gegeben. Darüber habe ich in den folgenden Tagen oft nachgedacht. Stefano hat nicht gesagt, ob es richtig oder falsch, moralisch oder unmoralisch sei. Er hat gesagt, *so etwas hat es noch nie gegeben,* und ich glaube, damit hat er vollkommen recht. Wir können von dir und Pedro, von eurem tagesfüllenden Schlaf an einem so außergewöhnlichen Tag denken, was wir wollen – dass es die unverzeihlichste Verfehlung ist oder aber Zeichen einer neuen genialen Lebensart. Doch es ist unbestreitbar, dass es »eine Welt, in der die Alten arbeiten und die Jungen schlafen« nie zuvor gegeben hat; und dass dieser beharrliche, neuartige Schlaf, der vollkommen unabhängig von eurer Umgebung ist und darüber hinaus mit der Arbeit anderer (der Arbeit der *Alten*) bezahlt wird, etwas vollkommen Neuartiges ist. Etwas nie Dagewesenes. Ein unbekannter Mechanismus, der das Getriebe der Zeitmaschine umprogrammiert und verkompliziert.

Als ihr gegen zwei herunterkamt, saßen wir am Tisch auf der Veranda, mit Wein, Salami und einigen Resten vom Vorabend. Ihr wurdet begrüßt mit einem ironischen, aber nichtsdestotrotz freundlich gesinnten Hallo. Erst als Pedro fragte, ob es was zum Frühstück gebe, erklärte die Hausherrin Carla – ich kann sagen, im Namen aller – mit einigem Ernst, dass man in diesem Haus zu dieser Uhrzeit nicht frühstücke, sondern das Mittagessen beende. Ich, der ich schnell weich werde, war schon drauf und dran, euch einen Kaffee zu machen. Carla hat mir einen vernichtenden Blick zugeworfen.

»Wenn ihr einen Happen essen wollt, greift zu. Kaffee gibt es später. Kaffee trinkt man nach dem Mittagessen.«

Wenn du mit mir auf den Colle della Nasca kommst, bezahle ich dich dafür. Eine Kilometerpauschale oder einen Stundenlohn, was du willst, das ist kein Problem. Wie viel würdest du ungefähr verlangen, um mit mir auf den Colle della Nasca zu gehen? Und hättest du's lieber in bar? Als Scheck? Oder soll ich es dir auf dein Konto überweisen?

8

Du lagst auf dem Sofa, in einem Haufen zerknautschter Kissen und Essensresten. Dies der wissenschaftlich genaue Bericht dazu, ohne literarische Ausschmückungen. Auf dem Bauch hattest du den eingeschalteten Laptop. Mit der rechten Hand tipptest du etwas in dein Smartphone. Die Linke hielt mit zwei Fingern den Zipfel eines zerfetzten Chemietests, um zu verhindern, dass er auf Nimmerwiedersehen vom finsteren Zwischenraum zwischen Lehne und Kissen verschluckt würde, wo ich schon einmal ein rohes Würstchen gefunden habe, eine deiner Leibspeisen. Die Lautstärke des Fernsehers war voll aufgedreht, es lief eine amerikanische Serie, in der gerade zwei fettleibige Brüder mit beschränktem Wortschatz erklärten, wie man ein Ferienhaus von Ratten befreit. In den Ohren steckten die Kopfhörer deines iPods, der in irgendeiner Ritze verschwunden war. Womöglich hörtest du also auch noch Musik. Da du kein Vierhänder bist, konntest du die Füße nicht für weitere Tätigkeiten nutzen; doch es ist offensichtlich, dass deine überdimensionalen Extremitäten, die da über der Armlehne hängen, eines Tages einen Jungen deines Alters aus Kalifornien dazu inspirieren werden, einen Weg zu finden, um Zehen in Antennen zu verwandeln, wodurch er in wenigen Wochen zum Milliardär wird und du zu einem seiner Millionen zahlungskräftiger Versuchskaninchen.

Wollte man versuchen, in der wenn auch unzulänglichen Form des geschriebenen Wortes eine ungefähre Rekonstruktion dessen anzustellen, was sich in deinem Gehirn abspielte, eine kurze Zusammenfassung deiner Sende- und Empfangsleistungen, würde ungefähr Folgendes dabei herauskommen:

»*Ich hatte Slim geraten, zuerst in die Lüftungsschächte zu gucken* / HEUTE TREFFEN BEI KIBBE? / die Aminosäuren und ihre funktionellen Gruppen Amino- und Carboxygruppe / NEIN KIBBE KANN NICHT / *Scheiße, die hier ist groß wie ein Bison!* / **Apprendista dell'impero, apripista rap emporio** / *Was die für ein Loch in das Gitter genagt hat!* / notwendig für die menschliche Ernährung / *Scheiße, Slim, nicht mal ein Alligator würde so ein Loch machen!* / **Escogito come uscire della merda, scatologico** / DANN SCHEISS AUF KIBBE / von Wirbeltieren nicht ausreichend zu synthetisieren / **Non mi fermo mai, chiamatemi vento, rimo invento** / *Die ist schlauer als du! Wenn du so einen Lärm machst, haut sie ab!*«

Und so weiter.

Ich muss wohl eine gute Minute dort gestanden und dir zugesehen haben. Um Anfang und Ende in diesem hyperverknüpften Gewirr zu finden. Irgendwann hast du meine Anwesenheit bemerkt. Du hast dich nicht umgedreht, hast Augen und Ohren weiter auf deine Terminals gerichtet und fortgefahren zu tippen. Aber du hattest das Gefühl, mir etwas sagen zu müssen, oder besser gesagt, etwas zu nuscheln, denn du wolltest oder konntest das Kinn nicht mehr als unbedingt nötig von der Brust heben. Und für dieses Etwas war ich dankbar: Erstens, weil du überhaupt das Wort an mich gerichtet hast, und zweitens, weil du damit zumindest für ein paar Tage meine bösen Vorahnungen hinsichtlich des unaufhaltsamen Verfalls der Menschheit ein wenig entkräften konntest.

Du hast gesagt: »Das ist die Evolution der Spezies.«

Ich denke, du hast recht. Doch zu welcher Spezies ist bisher noch nicht bekannt.

Das Verrückte ist, dass du im Chemietest sieben von zehn Punkten bekommen hast. Eine perfekte Note, wie ich finde. Sechs ist zu knapp am Ungenügend vorbei, acht etwas für Streber.

9

Vor kurzem sprach mich auf der Straße ein Typ an. Er war um die dreißig, gedrungen, muskulös, solariumgebräunt, hatte kurze blondierte Haare, trug ein ärmelloses schwarzes Muskelshirt und superenge Jeans. Er musste eben hinter der nächsten Ecke sein amerikanisches Motorrad geparkt haben, eins von denen mit tiefliegendem Sattel, die einen Krach machen wie ein Fischkutter.

»Sie kennen mich nicht«, sagt er, »aber ich kenne Sie. Ich bin der Tätowierer Ihres Sohnes.«

»Guten Tag«, sage ich zu ihm, und zum Glück hat man die Begrüßung erfunden, eine unverbindliche Antwort, die einem erlaubt, Zeit zu schinden, sich von der Überraschung zu erholen und eine Verteidigung für den Notfall aufzustellen. Die gesellschaftlichen Konventionen haben – über Jahrhunderte und Generationen hinweg – mehr oder weniger das Verhalten festgelegt, das man gegenüber dem Gynäkologen der Ehefrau, dem Fußpfleger der Mutter oder dem Frisör der Schwester an den Tag zu legen hat; aber nicht, wie man sich gegenüber dem Tätowierer des Sohnes benimmt.

Es wäre jetzt an ihm, wieder das Wort zu ergreifen, doch das tut er nicht. Er mustert mich mit einem unbeholfenen Lächeln, vielleicht auch ein wenig befangen. Sein Zögern, das in krassem Gegensatz zu seiner stierhaften Erscheinung steht, hat etwas Weibliches, beinahe Jungfräuliches. Ich gelange zu der Annahme, dass man, wäre er nicht so braun, auf seiner Kinnlade eine leichte Röte sehen könnte.

Ich schaue ihn mir genauer an, bemerke einen Korallenohrring und eine dicke Goldkette am Hals. Und die zwei kleinen, blauen, strahlenden Augen, die eindeutig das Herausstechendste an seinem Gesicht, ja an seiner gesamten Erscheinung sind und die während unseres kurzen Schweigens nervös flackern. Beim Anblick seiner Augen wird mir klar, was ich tun muss.

»Mein Sohn ist volljährig, er kann alleine entscheiden, was er tut«, sage ich und hoffe auf ein bürokratisches Ende unseres Zusammentreffens, als ginge es darum, dass wir uns voreinander Rechenschaft über einen (nicht besonders hübschen) Drachen ablegen, der seit ein paar Monaten den linken Unterarm eines Achtzehnjährigen ziert.

Er scheint überrascht, vielleicht enttäuscht, er

senkt seinen hellen Blick zu Boden, wie um seine Verärgerung zu verbergen, und auch mir tut leid, was ich gerade gesagt habe, in etwa: »Das geht nur euch etwas an, dich und meinen Sohn, ich will mit diesem elenden Unsinn nichts zu tun haben.«

Er hebt den Blick wieder, schenkt mir ein offenes Lächeln, das ich als großzügigen, äußerst wirkungsvollen Versuch werte, mir aus der Verlegenheit zu helfen, da ich wohl gerade etwas Kleinliches, Steifes, Unzulängliches gesagt habe.

»Sie sollten mehr mit Ihrem Sohn reden«, stellt er mit einem Mal fest.

Damit hatte ich nicht gerechnet. Ich versuchte, nicht gleich zu erstarren. Oder es ihm heimzuzahlen, diesem Typen, dessen Gestalt und Kleidung nicht gerade vertrauenerweckend waren. Ich atme tief durch, sage: »Es ist so, dass mein Sohn nicht mit mir redet«, und versuche die Sache nicht unnötig auszubreiten, einen höflichen, nicht allzu brüsken Tonfall anzuschlagen und gleichzeitig einen unauffälligen Hinweis auf die logistischen Probleme eines geschiedenen Vaters zu geben.

Damit stelle ich ihn nicht zufrieden. Er verschränkt die Arme (mit Mühe, wegen seiner aufgeblähten Bizeps- und Brustmuskulatur) und sucht einen festeren Stand, indem er leicht die Beine spreizt. Ich kann nicht umhin zu bemerken, dass sich sein in die Jeans gequetschter Genitalapparat in dieser Haltung auffällig abzeichnet. Er sieht jetzt noch gedrungener aus, und mir wird bewusst, dass er sogar kleiner ist, als ich dachte. Jetzt geht er zum Angriff über. Seine neue, demonstrativ unbewegliche Haltung lässt mich annehmen, dass unsere Unterhaltung alles andere als beendet ist.

»Ihr Sohn sagt, Sie hassen Tattoos.«

»Ich hasse sie nicht, aber wenn man alt wird und die Haut schlaff, fällt das Tattoo in sich zusammen. Es ist eine Mode, die nicht einkalkuliert, dass die Zeit vergeht. Man kann nicht so tun, als bliebe man *forever young.*«

Das Rock-Zitat gefällt ihm. Mir ist aufgefallen, dass ihm auch das Verb »zusammenfallen« behagte (seine Augen sprechen für ihn). Obwohl es als Kritik gemeint war, aber gerade in der Kritik fühlt er sich offenbar ernst genommen. Seine Antwort verblüfft mich vollkommen.

»Wissen Sie, auch Fresken und Ölgemälde, Mosaike, ja sogar Statuen gehen irgendwann kaputt. Natürlich sprechen wir hier von einer ganz anderen Zeitspanne, einer viel größeren, aber alles Menschengemachte ist dazu bestimmt, zu verfallen und zu verschwinden. Das Schöne am Tattoo ist, dass es zusammen mit dem Körper stirbt. Das Werk und der menschliche Körper sind eins. Man muss keine Museen bemühen, mit der Kremation ist es weg…«

Während er spricht, wird er sicherer, und mir scheint, dass auch sein leiernder lombardischer Akzent etwas zugunsten einer beinahe italienischen Aussprache zurücktritt. Jetzt lächle auch ich, plötzlich bin ich ihm dankbar, dass er meine Vorbehalte ihm gegenüber aufgelöst hat. Ich stelle ihm ein paar allgemeine Fragen über seine Arbeit, technische Dinge, und er gibt mir erfreut Antwort, wir sprechen über Nadeln und Tinte, über etwas zwischen einer Werkstatt für Kunsthandwerk und einem Laden für Künstlerbedarf, es ist jetzt eine entspannte Straßenplauderei wie so viele andere.

»Jedenfalls«, sagt er plötzlich, und es ist deutlich spürbar, dass dieses »jedenfalls« ein Scheidepunkt sein wird zwischen der unterhaltsamen Wendung, die das Gespräch genommen hatte, und einem anstrengenderen Schlussteil, »jedenfalls hat Ihr Sohn zu Tattoos genau die richtige Einstellung. Und ich wette, dass Sie sie nicht kennen.«

»Nein, die kenne ich nicht«, antworte ich. »Sagen Sie mir, was mein Sohn über Tattoos sagt.«

»Er sagt, dass es kein Problem sein wird, zu altern und die Tattoos verfallen zu sehen. Denn die Tätowierten werden zusammen altern, und in einigen Jahren werden alle Alten irgendwo tätowiert sein. Und alle Tattoos auf der ganzen Welt werden gleichzeitig verfallen.«

»Daran habe ich noch nie gedacht«, antworte ich. Und wirklich, daran habe ich noch nie gedacht. Und obwohl ich Tattoos, egal, wie man es dreht und wendet, immer abstoßend finden werde, schiebt sich daneben das tröstliche Bild eines Tätowierten, der weiß, was er tut, und nicht aus dem primitiven Instinkt heraus handelt, seinen Körper zeichnen zu lassen wie ein Stammesmitglied oder ein vom Bier umnebelter Heavy-Metal-Rocker, sondern wie ein *body artist*, der aus sich und seinen bebilderten Kollegen Zeugen des unaufhaltsamen körperlichen Verfalls macht, Zeugen seiner kostbaren Vergänglichkeit…

»Sie sollten mehr mit Ihrem Sohn reden.«

Er macht auf dem Absatz kehrt und geht. Mein Blick fällt auf seine beigefarbenen Stiefel. Im Nacken hat er ein kleines Tattoo, aber ich bin nicht schnell genug, um zu sehen, was es darstellt, da ist er schon in der samstäglichen Menschenmenge verschwunden.

Die uralte Stele von Hutta, die man zwischen Steinen und Flechten des fernen Hauxtals entdeckt hat, wurde endlich entziffert. Sie ist siebentausend Jahre alt und enthält eine Prophezeiung. Wörtlich heißt es dort: »In siebentausend Jahren wird die Menschheit von einem Fluch heimgesucht, der sie gänzlich auszulöschen droht, Männer, Frauen und Kinder. Es sei denn, ein junger Held und sein alter Vater besteigen zusammen den Colle della Nasca.«

10

Ich bin bei Polan&Doompy vorbeigegangen. Ich wollte verstehen, warum du und deine Freundin Pilly letzten Samstag drei Stunden Schlange gestanden habt, um ein Sweatshirtgeschäft zu betreten. Ich muss es noch einmal betonen: drei Stunden Schlange stehen, um ein Sweatshirtgeschäft zu betreten. (In drei Stunden erreicht man in den Bergen zu Fuß das nächste Tal.) Das Alter der Menschen beider Geschlechter, die vor Polan&Doompy anstanden, bewegte sich zwischen zwölf und zwanzig. Eine beeindruckende und folgsame Menge Frischfleisch, gutgenährt, gutgepflegt, die das Herz eines Sklavenhändlers hätte schneller schlagen lassen, ebenso wie das eines Armee-Rekrutierers oder eines Personalchefs einer Bordellkette mit pädophiler Ausrichtung.

Ich habe mich informiert. Deine Schlange, die, die vor dir kamen, und auch die, die nach dir kommen, wurden in einer monatelangen und vielbeachteten Adventszeit – natürlich online – darauf vorbereitet, dass die Ankunft des fleischgewordenen Sweatshirtgottes in unserer Mitte bevorstehe. Ein Geheimtipp der Massen, weitergegeben von Tausenden ungläubigen kleinen Anhängern, die es kaum fassen konnten, dass dieser weltberühmte New Yorker Laden *wirklich* ausgerechnet hier, in Italien, in Mailand, leibhaftig Gestalt annehmen sollte. Als hieße es plötzlich, dass die Venus ausnahmsweise nicht aus dem Schaum des griechischen Meeres geboren wird, sondern in Arma di Taggia, so dass wir ihre Brüste von unserer üblichen Strandbar aus betrachten können; oder dass Buddha gesehen wurde, wie er meditierend in einem Kreisverkehr von Lissone sitzt, wo die Ungläubigen aus nächster Nähe die Falten seines Bauches zählen konnten und die Nachricht verbreiteten: »Kommt alle herbei, Buddha ist in Lissone, so was Geiles hat es noch nie gegeben.« Als ob Kaiser Titus oder ein ähnlich spendabler und bildschöpferischer Kollege im Banne eines Dezentralisierungsraptus beschlossen hätte, nicht in Rom, sondern in Bithynien oder Thrakien, bei diesen Bauerntölpeln am Rande des Römischen Reichs, ein Viertel wie das Forum Romanum zu errichten, nur noch prächtiger; bei Bauerntölpeln, die sich fragen: »Sind wir das wert? Haben wir das verdient? Wie ist es möglich, dass gerade uns diese Ehre zuteilwird?«

Die Protagonisten dieses Adventsrituals heißen (ich schreibe aus dem Internet ab) Maggie, Stelly, Niko, Neffy, Frankie, Riko, Toffy, Paffy, Wally, Tinky, Lillo, Pussy, Lemmy, Preppy, Benny und schließlich Uolly. Unter den Pullifetischisten scheint es Gesetz zu sein, sich einen Spitznamen mit zwei Silben zuzulegen, keine weniger, keine mehr, als wäre das die natürliche Metrik, um sich gegenseitig anzusprechen, und wenn einer aus der Reihe tanzt, verstummt das ganze Netz, erschüttert, ungläubig, eine Zeitlang traut sich niemand, etwas zu sagen, bis entweder der Strengste oder der Verständnisvollste das Schweigen bricht und fragt: »Du heißt *wirklich* Pierfrancesco?«

Selbst die wenigen Kritiker der Ankunft von Polan&Doompy in Italien (unterschrieben von den Antikonformisten Pikkio und Spinky) scheinen nicht in der Lage zu sein, eine ernstzunehmende Opposition auf die Beine zu stellen. Denn der Kern ihrer Argumentation – ich zitiere Spinky – ist: »Wenn vorher einer Polan&Doompy hatte wusste man er war in NY und jetzt trägt es jeder Dorftrottel.« Zusammenfassend kann man sagen, laut Spinky bestünde die einzige Handhabe, die deprimierende Vermassung des Konsums aufzuhalten, darin, die Klassenunterschiede wiederaufleben zu lassen, damit kein Dorftrottel es sich erlauben kann, sich wie Spinky zu kleiden, der tatsächlich in New York gewesen ist (oder dem Pikkio einen aus New York mitgebracht hat, das gilt genauso viel). Jetzt können alle samstags mit ihrem Twingo aus der Vorstadt ins Zentrum von Mailand fahren und sich einen kaufen.

Es sind die Urenkel derer, die damals, um Salatköpfe oder Hühner zu verkaufen, zwei Tage mit dem Karren unterwegs waren, über Schlaglöcher holperten, die brennende Sonne oder den strömenden Regen verfluchten und nur lachten, wenn die Pferde einen Furz fahren ließen. Aber wenigstens (und hier decken sich meine Gedanken gefährlich mit denen Spinkys) wussten sie, wie hart das Leben ist, die mit dem Pferdekarren, und wie man sich den Arsch aufreißen muss, um etwas zu essen zu haben; während die hier im Twingo nur eine einzige Anstrengung unternehmen müssen, um sich den ihnen zustehenden Kapuzenpulli zu sichern, nämlich Mutter oder Vater oder Großvater zu überreden, zwei Hunderter lockerzumachen. Und um weiterhin der Argumentation Spinkys und vermutlich auch Pikkios zu folgen: Was unterscheidet uns noch von der Masse der Konsumenten, wenn sich auch einer aus Baranzate bei Mailand erlauben kann, einen Pullover von Polan&Doompy zu tragen? Sind Sie sich bewusst, verehrter Herr Polan, verehrter

Herr Doompy, dass Ihre aberwitzige Geschäftspolitik auch Maggie, Stelly, Niko, Neffy, Frankie, Riko, Toffy, Paffy, Wally, Tinky, Lillo, Pussy, Lemmy, Preppy, Benny und sogar Uolly auf dieselbe Stufe mit Pikkio und Spinky gestellt hat, die doch wenigstens *wirklich* in NY gewesen sind und darum das – exklusive – Recht haben, Ihre Pullover zu tragen, so wie nur diejenigen Pilger einen Stempel in ihren Pilgerpass bekommen, die es *wirklich* bis nach Santiago de Compostela schaffen? Oder wollen Sie mir erzählen, dass Jason das Goldene Vlies vor seiner Haustür gefunden hat, vielleicht sogar im Schlussverkauf?

Wir werden doch nicht plötzlich alle gleich sein?

Tatsache ist jedenfalls, dass neben Option A (alle zu Polan&Doompy, um den gleichen Pulli zu kaufen!) und Option B (ich hoffte, nur wenige besäßen wie ich einen Pullover von Polan&Doompy, und jetzt kommen die von der Gewerbeoberschule in Baranzante und die halbe Handelsschule von Lissone und stehen Schlange) niemand Option C in Betracht zieht: Lieber als mir einen Pullover von Polan&Doompy anzuziehen, gehe ich im Frack, oder gleich mit nacktem Oberkörper. Vielleicht denkt Pierfrancesco so. Aber er sagt es nicht.

Jedenfalls ist Polan&Doompy kein normaler Kleiderladen. Ein einflussreicher Modeblog definiert es als *casual luxury lifestyle brand.* Ich versuche mal zu übersetzen: eine legere und trotzdem luxuriöse Kleidungsmarke, die den Eindruck vermittelt, dass diejenigen, die sie tragen, tatsächlich einen Lebensstil haben. Nur das ›tatsächlich‹ ist von mir, der Rest ist wörtlich übersetzt.

Ich habe versucht, an einem Samstag hinzugehen, aber an jenem Samstag habe ich den Laden dann nur aus der Ferne beobachtet, vom gegenüberliegenden Bürgersteig aus, mit einem Campari in der Hand. Denn ich war nicht gewillt, auch nur dreißig Sekunden anzustehen, um den Tempel zu betreten, und in einer Schlange neben Neffy und Paffy wäre ich aufgefallen, man hätte mich als einen der seltenen und armseligen Erzeuger abgestempelt, die ihre Kinder begleiten und von denen es zwei Kategorien gibt: diejenigen, die mit ihrem Nachwuchs vollkommen im Einklang sind – da sie sich noch genauso jung, begeisterungsfähig und unverwüstlich fühlen – und die dann vielleicht mit dem gleichen Pullover herauskommen wie Neffy und Paffy; zweitens diejenigen, die es nicht genießen, dort zu sein, aber trotzdem mitgehen, weil sie es für ihre soziale Pflicht halten, den Kreditkarten, die die

Welt am Laufen halten, ein Gesicht und eine Seele zu geben.

Also bin ich am Mittwoch wiedergekommen.

Schon auf zweihundert Meter Entfernung schlägt einem ein betäubender süßlicher Duft entgegen, als wäre irgendwo in der Nähe ein Tankwagen voller Sirup ausgelaufen. Von dem Duft hatte ich schon gehört; aber wenn man es erlebt, ist es trotzdem überwältigend. So viel Parfum verschwenderisch in die frische Luft zu sprühen soll wohl luxuriös oder spaßig wirken, etwa in dem Sinne: »Erstens kann ich es mir leisten, zweitens bin ich ein bisschen verrückt, und wenn mir danach ist, kann ich auch den Bürgersteig mit Artischockenblättern pflastern.« Die Verkaufsstrategien heutzutage haben Dimensionen erreicht, die sich eigentlich nur noch die Nordkoreaner leisten können. Und bald nicht einmal mehr sie. Dann wird es einzig und allein den *casual-luxury lifestyle-brand*-Ketten obliegen, etwas Glamour in der Welt zu verbreiten.

Wenn man den Laden betreten hat und versucht, in dem rötlichen Halbdunkel etwas zu erkennen, wird einem klar, dass es sich hier nicht einfach um einen Laden handelt, nicht wirklich. Das rötliche Halbdunkel ist ein erster Hinweis darauf. Man befindet sich in einem Erdgeschoss, dessen Funktion vollkommen im Dunkeln liegt: Es handelt sich um eine Kreuzung zwischen dem Foyer eines Theaters (auf dessen Spielplan *Grease* stehen könnte), dem Eingangsbereich eines mehrgeschossigen Schönheitstempels, dem überdimensionalen Fahrstuhl, den sich ein Emir baut, der gleichzeitig mit seinen dreißig verschleierten Ehefrauen in seine Gemächer hinauffahren möchte, und dem Warteraum zur Großen Abschlussprüfung für den Master in Narzissmus.

Auch die Verkäufer sind keine Verkäufer. Nicht wirklich. Es sind außergewöhnlich gutaussehende junge Männer und Frauen, die knapp bekleidet sind und dezent lächeln (ein übermäßiges Lächeln würde die Glätte der Gesichtszüge gefährden), per Reglement zur Einsilbigkeit verdammt, darauf geschult, den Eintretenden lediglich ein »Hi!« oder ein »Hey!« oder einen anderen superkurzen, aber vertraulichen Einsilber zuzuwerfen. Sie lungern halb entspannt, halb aufmerksam in kleinen Grüppchen herum (an vermutlich ganz genau ausgewählten Standorten), und ab und zu heben sie kurz die Hand in Richtung der hereinströmenden Herde. Ihr Blick bleibt an niemandem hängen, er ist leuchtend in die Ferne gerichtet, ruht im Halbdunkel auf etwas Unbestimmtem, von dem wir höchstens eine vage Ahnung haben können, so als würden sie gerade Wasserski fahren, während wir in der Garage einen Schraubenschlüssel suchen.

Es ist nicht möglich, nein, es ist ganz und gar undenkbar, diese coolen Typen und heißen Feger nach Informationen wie Preisen oder Sortierung der Pullis und T-Shirts zu fragen, sie stellen nur sich selbst und ihre blühende Jugend zur Schau. Meine psychische Verfassung ist vermutlich nicht allzu weit von der des Uropas entfernt, der mit dem Pferdekarren aus Baranzate kommt. Mit anderen Worten, dieser ganze Überfluss an festem Fleisch und glatter Haut, schönen Augen und frischen Lippen löst in mir nichts weiter aus als einen primitiven und unverwechselbaren Trieb, egal, wie sehr ich mich bemühe, das Ganze soziologisch und anthropologisch zu analysieren – das Prekariat, die Nutzlosigkeit der dreijährigen Studiengänge in Kommunikationswissenschaft und so weiter –: sie allesamt auf der Stelle zu vögeln, Männlein wie Weiblein, auch um sie und mich aus der Verlegenheit zu befreien, nicht zu wissen, was wir miteinander tun sollen in diesem duftgeschwängerten Vorraum … ich als Nicht-Kunde, sie als Nicht-Verkäufer, in einem Klima, das es darauf anlegt, den gesunden Menschenverstand und die Konventionen durch Verführung außer Kraft zu setzen und alle Gedanken an die Widrigkeiten des Alltags wegzublasen.

Dieses ganze Fleisch, das da im Halbdunkel glänzt, Mister Polan und Mister Doompy, muss doch auch für uns grobschlächtige Südländer – zu denen ich mich ohne weiteres zähle – einen Nutzen haben, all der Eros, der einem vor die Nase gehalten, versprochen, inszeniert und dann nicht zugestanden wird; ich bitte vielmals um Entschuldigung, aber glauben Sie wirklich, dass ich mich, nachdem ich auf so wenig Raum so viel geballte menschliche Schönheit gesehen habe, wie sich selbst der Kaiser von China nur träumen lassen kann, mich mit *einem Pulli zufriedengebe*? Bei allem Respekt, überlegen Sie noch einmal: *mit einem Pulli,* nachdem Sie uns, uns allen, eine Ahnung davon verschafft haben, wie das Leben sein könnte, wenn so viel Eros und Jugend ständig zum Greifen nah wäre (auch für diejenigen, die mit dem Twingo aus Baranzate kommen)? Ist es möglich, Mister Polan, dass weder Sie noch Ihr guter Freund Doompy ahnen, dass, wer Götter anstellt, um Pullis zu verkaufen, auf lange Sicht Gefahr läuft, sie zu erzürnen, aber vor allem, den Pulli als gemeine Täuschung zu entlarven?

Natürlich legt die Kultur der Natur Zügel an – wir haben uns ja nicht umsonst zu zivilisierten Menschen entwickelt –, und der Instinkt, jeden anzugrapschen, der durch diesen freizügigen Vorraum wandelt, bleibt in einem geheimen Winkel meiner selbst verborgen, hängt heimtückisch und vage im Halbschatten dieses Ortes. Es ist eine schnelle Abfolge bernsteinfarben leuchtender Gedanken, und hätte ich mehr Zeit, daran zu feilen, könnten daraus glorreiche Bilder einer heidnischen Allegorie entstehen, auf denen ich mich, als vielgeliebter Herrscher von diesen Jungfrauen und Adonissen umringt, an hundert Quellen labe, von hundert Früchten koste … Doch nichts von dieser innerlichen Orgie schlägt sich in meinem Verhalten nieder. Es bleibt tadellos, gesittet, schließlich sind wir schon vor mindestens zwei Generationen vom Pferdekarren gestiegen. Ich lächle in die Runde, gebe kurze Handzeichen und sage, wenn auch mit gedämpfter Stimme, mehrmals »Hi!« zu der Versammlung niederer Gottheiten, die mich empfängt. Und dann, um die unpassenden erotischen Phantasien ein für alle Mal zu vertreiben, stelle ich sie mir, Jungs wie Mädels, in ihrem Zuhause vor, in ihrem chaotischen Zimmer voller schmutziger Socken, wo aus den halbgeöffneten Schubladen Sweatshirts und Kapuzenpullis quellen und alles am Boden herumliegt, auch ein paar schmutzige Teller, nur sie selbst sind blitzsauber, haben sich soeben zum dritten Mal geduscht, enthaart, rasiert, gekämmt, blondiert, geglättet, eingecremt, die Nägel manikürt, auch die der Füße, aber das alles inmitten eines gigantischen Schweinestalls, was in meinem Fall für einen beträchtlichen Abfall auf der Erregungsskala sorgt. In etwa so wie Käsefüße und müffelnde Achselhöhlen. Ihr seht, meine Lieben, wie sehr wir Väter und Mütter jeden Typs an der überkommenen Vorstellung festhalten, dass uns die Schönheit der Welt durchaus etwas angeht. Ja, auch uns. So sehr, dass ich üblicherweise erst dann dusche, wenn ich mit der Arbeit und dem Aufräumen fertig bin, wenn alle Dinge an ihrem Platz sind; nicht weil mir die Pflege meines Körpers unwichtig wäre oder weniger angenehm, sondern weil sie für mich mit der Pflege meiner Umwelt zusammenhängt. Es ist alles eins. Und weil man beim Putzen und Aufräumen einer Wohnung oder eines Zimmers schwitzt, ist es besser, sich erst danach zu waschen, am Schluss, um der Reihenfolge von Ordnung und Sauberkeit eine Logik zu geben.

Bei euren endlosen Duschorgien, bei denen zwanzig Minuten oder eine halbe Stunde lang Wassergüsse niedergehen, mit denen man einen Hektar Wüste bewässern könnte, triumphiert im festlich beleuchteten, von Wasserdampf eingenebelten Bad, solange man sie triumphieren lässt, nicht nur die Verschwendung, es triumphiert auch der unvernünftige Glaube, dass der Körper – dieser Tabernakel des Ich – unversehrt bleiben, ja gerettet werden könnte, während alles um ihn her in die Brüche geht.

Im oberen Stockwerk ist von den Pullis und T-Shirts wenig zu sehen. Sie sind in Kästen, Regalen, dunklen Ecken untergebracht. Als wüssten sie, dass sie nur als Vorwand dienen. Ich schaue sie mir an: Es sind Pullis und T-Shirts. Sehr viel mehr stechen die riesigen Plakate von athletischen Skifahrern mit nacktem Oberkörper ins Auge, deren Stil auf den ersten Blick schwer zu fassen ist, ich würde sagen, die schwule Interpretation des klassischen Telemark in den Alpen; vielleicht warten zwei Nazibonzen unten im Gasthof Edelweiß auf diese tüchtigen jungen Sportler, die keine Ahnung haben, dass es nicht das Dritte Reich sein wird, das die Früchte all dieser zur Schau gestellten Muskeln wird ernten können, sondern Polan&Doompy.

Dann spielen natürlich auch Alter, Bildung und Vorurteile eine Rolle. Jedenfalls bekamen die kurzen Haare, die stolz lächelnden Kiefer und das ganze düstere Ambiente, das nur vom Glanz des Fleisches und dem der nackten Oberkörper durchbrochen war, in meinen Augen auf einmal etwas Nibelungenhaftes, und plötzlich fühlte ich mich als Südländer, Fettwanst, linke Socke inmitten von Scharen von Kriegern, die (dank äußerst strenger Selektion) allesamt nordisch aussahen, selbst wenn sie vielleicht in Italien rekrutiert worden waren. Sie sind *wirklich* alle blond und groß, die lebenden Schaufensterpuppen von Polan&Doompy, als hätte man sie direkt aus NY eingeflogen oder aber einem Betreuer übergeben, der ihnen vor dem großen Auftritt das Nötigste beigebracht hat. Schließlich kommen auch die Playgirls aus Nebraska oder Arkansas, und nach ein paar Fotosets in Frisco oder Manhattan wissen sie bereits, dass man nicht mit offenem Mund Kaugummi kaut.

Ich verstehe nicht recht, warum sie Ski fahren, die hier oben, so wie ich auch nicht verstand, warum sie da unten herumstanden und »Hi!« sagten. Aber all die hier postierten zertifizierten Polandoompyianer wie – potentiell – auch die angehenden Polandoompyianer, die nur zu Besuch sind, versprühen diese grenzenlose Verehrung des menschlichen Körpers, am besten des eigenen, die unsere Zeit so sehr bestimmt wie die Keule die Zeit der Höhlenmenschen und die Entdeckung der Perspektive das 15. Jahrhundert. Unter den Füßen, über den Köpfen gibt es nichts, was auch nur die leiseste Aufmerksamkeit verdient, weder die schwarzen, dichten Erdschollen noch der blaue, leere Himmel. Paffy, Nelly und Spikkio arbeiten unausgesetzt an der Instandhaltung des knapp zwei Meter großen Stücks Universum, das sie ausfüllen, und darum ist es ihnen so wichtig, sich in diesem Tempel des Thorax zu versammeln, es ist für sie genauso erfüllend wie für den Mystiker die Betrachtung der Berge. In diesen knapp zwei Metern steckt alles, was zählt. Und alles, was zählt, ist ›Ich‹.

Vielleicht haben Polan&Doompy, wenn auch unbewusst und in sehr geringem Ausmaß, eine eschatologische Funktion, das heißt, sie zeigen uns auf, wo wir alle enden. Oder besser, wo ihr alle enden werdet, die ihr noch viel mehr Zeit habt als wir zu enden, die ihr gerade erst damit begonnen habt.

Wir werden, ihr werdet vor einem Spiegel enden, jeder starr in seine eigenen Augen blickend. Es geht dabei nicht so sehr um Männer, die Männer lieben (ich denke dabei an die Skifahrer von oben), das ist nur eine Spielart, eine nebensächliche Variante, denn immerhin lieben sie *einen anderen.* Doch hier geht es um die, welche ausschließlich sich selbst lieben, verehren, beschauen. Und wenn lange Zeit nach der unglücklichen Geschichte noch immer so viel von Narziss die Rede ist, dann sicher nicht deshalb, weil er durch die Liebe zu sich selbst einen anderen Menschen hätte lieben können; sondern weil die ausschließliche Liebe zu sich selbst es ihm versagte, *einen anderen* zu lieben; dabei brachte er die Konzepte von Ich und Nicht-Ich ziemlich durcheinander; denn als er sein eigenes Spiegelbild sah, rief Narziss, anstatt zerstreut »Den kenne ich doch« zu murmeln: »Wer ist nur dieser wunderschöne Jüngling? Ich will ihn! Ich will ihn!«

(In Pompeji hörte ich vor einigen Jahren von einem etwas skurrilen örtlichen Fremdenführer vor dem Fresko des Narziss die folgende geniale Version der Fakten: »Narziss war ein wunderschöner Jüngling, der, als er sein Spiegelbild im Wasser sah, es küssen wollte, dabei in den See fiel und ertrank. Ein kompletter Vollidiot.« Vom psychoanalytischen Gesichtspunkt aus kann ich das nicht beurteilen; aber sonst lässt sich gegen dieses Urteil kaum etwas einwenden.)

Nach dem Besuch von Polan&Doompy stellte sich mir eine Frage. Nein, eigentlich zwei oder drei. Wie weit kann der Narzissmus der Massen die bereits teilweise umgesetzte Endlösung vorantreiben, die nur noch Vollidioten (also ideale Konsumenten und unterwürfige Verehrer) duldet? Kommt die Narzissisierung der Gesellschaft irgendwann in eine Krise? Ist sie umkehrbar? Gibt es irgendwann einen Augenblick, in dem Paffy aus Baranzate aus dem Twingo steigt und sagt: »Entschuldigt, fahrt ihr ruhig, aber mir ist irgendwie die Lust vergangen?« Oder ist jeder Einzelne dazu verdammt, der Big Brother seiner selbst zu sein, jede einzelne seiner Gesten, jeden Atemzug, natürlich jedes Outfit, jedes Accessoire zu kontrollieren, zu filmen, zu fotografieren, zu reproduzieren, sich autistisch Tag für Tag selbst zu modellieren, ohne dass ihn die Auseinandersetzung mit anderen verformt, durcheinanderbringt, verwirrt, verliebt macht, eben auf irgendeine Weise *verändert,* ihn dem Zufall und der Natur, dem herrlichen Durcheinander des Lebens aussetzt?

Möglicher Test für den empirischen Versuch einer (radikalen) Denarzissisierungskampagne: Im Eingangsbereich von Polan&Doompy das Protokoll verletzen und den Hübschesten oder die Hübscheste, mit einem äußerst freundlichen Lächeln, fragen: Entschuldigen Sie, aber wenn ich Ihnen jetzt an den Arsch fasse, würden Sie sich dann in mich verlieben oder die Polizei rufen? Oder würden Sie weiterhin kein Lebenszeichen geben, weiter lächelnd »Hi« sagen und zum Gruß die Hand heben?

Aus den gesammelten Notizen zum *Letzten Großen Krieg:* »Das Kapitel über die tragische Bombardierung von Polan&Doompy durch die Flugzeugstaffel der Alten neu schreiben. Überflüssige Zeilen mit Überlebenden streichen. Es soll keine Überlebenden geben.«

Gib es zu: Du hast wahnsinnig Lust, mit mir auf den Colle della Nasca zu gehen. Aber weil du mir die Genugtuung nicht gönnst, tust du so, als hättest du keine.

11

Ich habe gefragt: »Warum bist du so braun?«

Du hast geantwortet: »Ich bin aufs Schuldach gestiegen, um mich zu sonnen.«

Ich wollte schon sagen, das sei verboten. Gefährlich.

Zum Glück habe ich es nicht gesagt. Ich hätte damit auf eine ungewöhnliche Aktion deinerseits mit einem allzu gewöhnlichen Urteil reagiert. Doch mehr noch war es die Überraschung, die mich zurückhielt. Also schwieg ich. Du standst vom Tisch auf und gingst weg.

Ich folgte dir in dein Zimmer. Ich fragte: »Und warst du dort alleine oder mit deinen Freunden?«

Du hast geantwortet: »Alleine. Wenn ich keine Lust auf Unterricht habe und das Wetter schön ist, setze ich mich oft aufs Dach, um eine Kippe zu rauchen und den Wolken nachzuschauen.«

Alleine in der Sonne auf dem Schuldach. Das gefällt mir. Selbst wenn es eine Lüge ist – eine der vielen, die du mir erzählst –, es gefällt mir. Nicht dass es für dich eine Rolle spielt, ob es mir gefällt oder nicht. Schlimmer noch: Wenn es mir gefällt, gefällt es dir womöglich plötzlich nicht mehr. Darum verkneife ich es mir, Zustimmung für diese extravaganten Pausen zu bekunden. Doch ich denke immer wieder daran, behalte das Bild im Kopf. Nicht nur, weil es einen raren Einblick in dein unergründliches Leben darstellt. Sondern weil es ein Indiz dafür ist, wie es in dir aussieht. Es erzählt von einer Veranlagung zum Alleinsein und zum Schweigen.

12

Eins der gelungensten Kapitel des *Letzten Großen Kriegs* beschreibt die Schlacht bei Lunitch, die zwei Tage und drei Nächte dauerte, vom 19. bis 21. April 2054.

Die Satellitenfotos aus der Zeit zeigen einen großen grauen Fleck, der sich kilometerweit von den umliegenden Hügeln bis in die industriellen Vororte der Stadt Lunitch erstreckt: Das ist die Infanterie der Alten, eine unermessliche Menschenmasse, Millionen über Millionen wackeliger Zweibeiner. Einige weisen ungeahnte Kraftreserven auf, die meisten jedoch halten sich nur mit Mühe auf den Beinen und suchen bei den Gefährten Halt. Es ist der Aufmarsch zur Eroberung des Hauptquartiers der Jungen, eines verlassenen zehnstöckigen Parkhauses neben dem stillgelegten Flughafen.

Die Armee der Alten, erzählt man sich, war so groß, dass nie zuvor eine so große Menge von Menschen auf einem Flecken der Erde gesehen worden war und dass allein durch das Trappeln der Schritte mehrere Kilometer entfernt in der Innenstadt die Schaufenster und Tische der Cafés erzitterten.

Die Seismographen in ganz Europa registrierten dieses gigantische Beben. Die Menge, berichten andere, marschierte so hinkend, unstet und von ständigem Stolpern und Stürzen unterbrochen, dass sich in das Hintergrundgrollen niegehörte Dissonanzen mischten. Aufgeschreckt von diesen unheimlichen Störgeräuschen, flohen alle Tiere aus der Gegend – Hunde, Katzen, Vögel, Schlangen – und kehrten erst Monate später zurück.

Diesem wuchernden menschlichen Unterholz stellten sich wenige Tausend Junge Hopliten entgegen, entschlossen, bis zuletzt Widerstand zu leisten. Das Zahlenverhältnis zwischen belagernden Alten und belagerten Jungen im schicksalhaften Gefecht bei Lunitch betrug hundert zu eins und war damit sogar noch unausgewogener als der Durchschnitt der europäischen Gesellschaft zu der Zeit, der bei zehn Alten zu einem Jungen lag. In der Gewissheit ihrer zahlenmäßigen Überlegenheit und gestärkt durch die Aussicht, im Todesfall nur ihren kleinen Restanteil an Lebenszeit zu verlieren, rückten die Alten ohne Furcht vor den Maschinengewehrsalven, die sie niedermähten, ohne Furcht vor den Minen, die in ihren Reihen wahre Blutbäder anrichteten, unaufhörlich vor.

Aufgrund der Engpässe und der chaotischen Zustände während der Sechsten Energiekrise waren die Belagerer nur spärlich bewaffnet. Alte Jagdkarabiner, Pistolen zur Selbstverteidigung aus Privathaushalten (viele trugen als kecken Uniformzusatz das Schild VORSICHT VOR DEM HUND UND DEM BESITZER vom heimischen Gartenzaun am Rucksack), einige antiquierte Smart-Guns von Apple (vor allem die iShot 3 und 4, während die Armee der Jungen mit den Modellen 6 und 7 ausgestattet war). Vorherrschend waren jedoch Hieb- und Stichwaffen aller Art, Schwerter, Äxte, Beile, Bajonette, Schlachtermesser, die die Alten übermütig in der Sonne herumwirbelten, bis die Gelenke krachten: Die Erregung machte sie unempfindlich gegen den Schmerz.

Die Felder von Lunitch waren ein einziges Mosaik aus gleißendem Metall, Millionen kleiner Blinklichter, die von weitem aussahen wie ein riesiger Schwarm Fische auf dem Trockenen, die sich in den letzten Zuckungen wanden. Eine Myriade sonnenglänzender Klingen, so übermächtig, dass nur für kurze Augenblicke die Explosionen der Minen von ihnen ablenkten.

Für die belagerten Jungen, die diese entsetzliche Meute von der obersten Etage ihrer Behelfsfestung aus beobachteten und versuchten, sie mit Maschinengewehrsalven zu dezimieren, war es vor allem dieses schier unendliche Meer aus glänzendem Stahl, was ihnen Angst einjagte. Die leuchtenden Klingen verliehen der gebrechlichen Horde ein archaisches, urzeitliches Aussehen, das den Verdacht der Jungen erhärtete, sie seien von der Zeit betrogen und verraten worden, die diesem ausgegrabenen Alteisen, diesen porösen, arthritischen Knochen, dieser Karikatur von Ewigkeit neues Leben eingehaucht hatte, die jetzt drohte, für immer die Vorherrschaft zu erringen: bis auch ihre Körper verfallen, die Jungen selbst alt werden und dazu verdammt sein würden, sich grollend voranzuschleppen im Kampf gegen das neu aufkeimende Leben.

Doch es war der Lärm der menschlichen Stimmen, berichten die wenigen Überlebenden, der in die Seele drang wie ein rostiger Nagel ins Fleisch. Die Kriegsschreie, die von der Armee der Alten in allen europäischen Sprachen aufstiegen, waren so spröde, so heiser, durchbrochen von Husten, so rauh durch den Schwund der Schleimhäute, dass es klang wie ein schauderhaftes, ununterbrochenes Röcheln. Es klang, als ob sie in den letzten Zügen lägen, was in den Jungen wildes Entsetzen auslöste. Schließlich bestand der große Vorteil der Alten in diesem Krieg genau darin, dem Tod naturgemäß nahe zu sein.

Wenn es auch nur einem Einzigen von ihnen gelänge, die Leichenberge seiner Gefährten zu überspringen und einem der Jungen im direkten Zweikampf gegenüberzustehen, würde die Ungleichheit der physischen Kraft durch die Gelassenheit des Alten gegenüber dem Tod kompensiert.

Die Schlacht endete mit der Flucht weniger Hundert Junger, der einzigen Überlebenden des grausamen Angriffs. Mit einem Ausfall bahnten sie sich einen Weg durch die Menge der erschöpften und verwirrten Alten, und ihre Flucht wurde mehr durch die Leichenberge behindert als durch die Feinde, die noch am Leben waren. Sie erreichten eine nahegelegene Stadt, in der sie ein neues Hauptquartier aufschlugen und einem weiteren Angriff entgegensahen, und so würde es monatelang, jahrelang weitergehen, wenn nichts geschah, denn es war ein Krieg, der weder gewonnen noch verloren werden konnte. Die Alten waren in der Überzahl, und ihre Infanterie schien unerschöpflich; doch die Jungen waren flink, agil und lebenshungrig, und wie viele von ihnen auch von den Alten getötet oder gefangen genommen und versklavt wurden, immer formierten sich neue Scharen von Jugendlichen in ganz Europa zu Widerstand und Guerilla.

Bei Sonnenuntergang des zweiten Tages tränkte das Blut der Alten die Stoppeln und den Schlamm der unbestellten Felder. Oberleutnant Asio Silver, heldenhafter Kämpfer des Jugendheers, beobachtete die Schlacht vom Dach eines Mehrfamilienhauses am Stadtrand aus, wo er vorübergehend Zuflucht gefunden hatte und eine Schnittverletzung an seiner Schulter versorgte. Alles war rot, so weit das Auge reichte, die Erde, der Himmel, das Gras, bis zu einer gewissen Höhe auch die Bäume, die Asphalt- und die Schotterstraßen. Der Oberleutnant fragte sich, wie aus solch bleichen Körpern, aus derart ausgetrockneten Gliedmaßen so rotes Blut fließen konnte, rot wie das eines Kindes, rot wie sein eigenes, das seine blaue Uniform tränkte.

»Was für ein Gemetzel«, hörte er da eine Stimme in seinem Rücken murmeln. Er hatte gedacht, er wäre alleine. Er zuckte zusammen und fuhr herum. Wer von seinen Kameraden hatte ebenfalls hier oben Zuflucht gefunden? Zu seinem Entsetzen erkannte er jedoch, dass hinter ihm ein alter Soldat stand, eine blutbeschmierte Lanze in der Hand. Asio hatte seine Maschinenpistole in einigen Metern Entfernung an einen Schornstein gelehnt. Er war unbewaffnet. Er glaubte sich verloren.

Er rührte sich nicht, versuchte aber die Beine in

einen festeren Stand zu bringen, um sich besser verteidigen zu können. Doch der Feind machte keine Anstalten, auf ihn loszustürmen. Er stand wenige Meter von ihm entfernt, schweigend und still, und ließ seinen Blick von den Augen des Jungen zu der gigantischen Schlachtszene wandern, die sich zu ihren Füßen darbot.

Während ein Wind, der nach den Eingeweiden der Toten stank, die langen Haare des Jungen durcheinanderwirbelte, standen die beiden sich einen langen Augenblick gegenüber. Der Junge hatte Gelegenheit, den Alten genauer zu betrachten: Er war groß und dünn und nur ein wenig gebeugt, beinahe noch kräftig wie ein junger Mann, obwohl ein dichtes Netz von Falten sein fortgeschrittenes Alter verriet. Seine verdreckte Uniform war die der höheren Offiziere, schwarz mit silbernen Kragenspiegeln. Keine Mütze bedeckte den kahlen, sonnengegerbten Kopf. Er sah aus, als wäre er komplett haarlos, beinahe hölzern, so drahtig war sein Körper und so ausgezehrt die Haut.

Nach einer Weile ergriff der Alte das Wort.

»Ich heiße Brenno Alzheimer. Ich bin Oberbefehlshaber der Siebten Division der Fünften Alten-

Armee. Oder vielleicht auch der Fünften Division der Siebten Armee. Ich kann mir das nicht merken, ich bin schließlich schon sechsundneunzig Jahre alt, und mein Gedächtnis ist lückenhaft. Ich weiß nicht einmal mehr, warum ich in den Krieg eingetreten bin und wann. Nur, dass ich im zivilen Leben Professor war. Ich habe Linguistik unterrichtet, speziell diachrone Psycholinguistik und Archäolinguistik. Heute unterstehen mir vier Millionen Infanteristen. Nach dieser Schlacht vielleicht noch drei Millionen. Alles Todgeweihte, die nur durch Extremmedikation am Leben bleiben. Wie ich. Mich wirst du ihretwegen keine Träne vergießen sehen. Und auch nicht meinetwegen, der ich von einem Moment auf den anderen den Löffel abgeben kann. Und du, Soldat, wie ist dein Name?«

»Ich bin Oberleutnant Asio Silver, neunzehn Jahre alt«, antwortete der Junge und versuchte, seiner Stimme einen festen Klang zu geben, »und ich habe keine Angst vor dir. Ich kann schneller rennen und bin viel starker als du.«

Der Alte lächelte. Seine rissigen Lippen kräuselten sich. Dem Jungen schien es, als ob dabei seine Unterlippe zu bluten begann. Und als ob im rechten Auge, das wegen eines Blutergusses oder vielleicht auch aufgrund eines Altersgebrechens halb geschlossen war, eine Träne stand.

»Ich habe kein Wort von dem verstanden, was du gesagt hast«, fuhr der Alte fort, »weil ich beinahe vollkommen taub bin. Um dich zu verstehen, müsste ich näher kommen, aber ich traue dir nicht. Ihr Jungen seid zu ungestüm, unfähig, vernünftig nachzudenken und die Instinkte im Zaum zu halten. Wahrscheinlich würdest du mir an die Gurgel springen und dich dabei vielleicht mit meinem Spieß tödlich verletzen. Es täte mir leid um dich. Und auch um mich, weil ich dir dann nicht mehr sagen könnte, was ich dir zu sagen habe.«

Der Junge schwieg. Er verstand nicht. Brenno las auf seinem Gesicht Nervosität und Anspannung.

»Du musst nicht um dein Leben fürchten. Nicht hier und nicht jetzt. Ich bin nicht nur einer der wichtigsten und geachtetsten Anführer der Alten-Armee, sondern noch viel mehr. Ich bin ein Verräter.«

Darauf folgte ein kurzes Schweigen. Asio entspannte sich zusehends, als hätte er keine Angst mehr und wartete darauf, dass der Alte fortfuhr. Der Alte schaute ihm weiter in die Augen, und ein halbes Lächeln entblößte seine auffällig makellosen Zahnreihen, die verrieten, dass er im zivilen Leben der reiche Patient eines schmeichlerischen Zahnarztes gewesen sein musste.

»Du hast richtig gehört, Junge. Ich bin ein Verräter. Ich war es, der das Heer in dieses Blutbad geführt hat. Und da ich kein Feigling bin, habe auch ich dem Tod ins Gesicht gesehen und bin an vorderster Front marschiert. Die Maschinengewehrsalven schlugen mal rechts, mal links von mir ein, dann wieder weiter hinten; Minen explodierten wenige Schritte von mir entfernt. Doch ich habe nur ein paar Kratzer abbekommen. Unverwundbar. Vielleicht unsterblich. Was meinst du, mein Junge, ist Brenno Alzheimer vielleicht unsterblich?«

Asio wusste nicht, ob und was er antworten sollte.

»Nein, du kleiner Einfaltspinsel, ich bin nicht unsterblich. Niemand ist unsterblich. Auch nicht diese perversen altersschwachen Milliardäre, die sich Organe von Kindern transplantieren lassen, die sie dann versteckt zwischen ihren verdorbenen Zellen mit sich herumtragen wie Juwelen in einem Safe. Ich habe in Nurielberg einen Finanzmagnaten kennengelernt, der in seinem Körper die Körper von mindestens zwanzig Kindern trug, die er in Asien gekauft hatte. So wie wir Alten jetzt in diesen Ländern junge Söldner und junge Sklaven kaufen, um euren militärischen Widerstand zu brechen. Dieser Alte in Nurielberg war stolz auf seinen dank dem verfügbaren Frischfleisch wiederauferstandenen Körper; er fuhr wieder Fahrrad, keck, als wäre er um dreißig Jahre verjüngt, doch ausgerechnet das Fahrrad wurde ihm zum Verhängnis. Sein Schal verfing sich in den Speichen, und er erstickte ...«

»Wie Isadora Duncan!«, fiel Asio Silver ein.

»Bitte?«, fragte Brenno.

Asio schwieg und deutete ein beinahe entschuldigendes Lächeln an, denn zu einem Tauben gesprochen zu haben kam ihm vor wie eine Taktlosigkeit.

Brenno senkte den Kopf, als hätte ein überwältigender Gedanke seinen Erzählfluss unterbrochen.

»Den Entschluss, meine Generation zu verraten, habe ich vor ein paar Wochen gefasst«, fuhr er schließlich fort. »Und zwar, als ich der Erschießung von einem Dutzend deiner Art beiwohnte, in der Kaserne von San Baltazar. Acht Jungs, vier Mädchen. Um meine Wohnung zu betreten, musste ich an ihren Leichen vorbei. Es gab keinen anderen Weg, und ich wollte im Hof auch keinen allzu großen Bogen schlagen, um meinen Offizieren nicht den Eindruck zu vermitteln, ich hätte Angst vor diesen Toten. Also bin ich dicht an sie herangetreten und stehen geblieben, um sie zu betrachten. Ich habe ihre faltenlosen Gesichter gesehen, die glänzenden, dichten Haare an Stirn und Schläfen. Die glatten Hände mit den schöngeformten Nägeln, die beweglichen, noch nicht geschwollenen Gelenke. Die vom letzten Atemzug halboffenen Münder, dahinter gesunde, regelmäßige Zähne. Breite Brustkörbe, flache Bäuche, die Mädchen mit schlanken Taillen und vollen Brüsten unter der blutgetränkten Uniform. Ich habe all das gesehen, was ich schon lange nicht mehr habe, was ich nie mehr haben werde. Jugend kann ewig sein, habe ich da gedacht. Wenn wir akzeptieren, dass sie nicht mehr Teil von uns ist. Dass sie weiterfließt, wie das Wasser eines Flusses. Sollen wir die Jugend hassen, nur weil sie jetzt den anderen gehört?«

Der Junge hörte zu. Brenno hustete und hob die knochige Hand an den Mund. Ein Schwall übelriechender Luft wehte zu ihnen auf das Dach – Tod, der sich zu Tod gesellte.

»Unter ihnen breitete sich eine Lache Blut aus, langsam, lauwarm, unaufhaltsam. Wäre ich noch einige Minuten länger stehen geblieben, hätte ich sehen können, wie die Farbe aus ihren Gesichtern wich. Ich muss eine ganze Weile dort gestanden haben. Ein Offizier hat etwas zu mir gesagt. Ich habe nicht verstanden, was, aber er hat mich weggeführt.«

Brenno schwieg erneut. Auch Asio schwieg, er schien ins Leere zu starren und über die unerwartete Geschichte nachzudenken. Dann trat er einige

Schritte auf den Alten zu und sagte mit lauter Stimme, damit der andere ihn hören konnte: »Was nützt uns schon euer Mitgefühl.«

Diesmal verstand Brenno. Auch weil er sich die Hand ans Ohr gehalten hatte, als er sah, dass der Junge näher kam.

»Ich glaube nicht, dass Mitgefühl das richtige Wort ist, mein Junge. Das Gefühl, das mich an diesem Tag beschlichen hat und das ich bis dahin sehr lange nicht gehabt hatte, war etwas ganz anderes. Es war, wenn man so will, weniger selbstlos. Ich war verliebt. In alle zwölf. In ihre Jugend und ihre Schönheit. Es schmerzte mich, sie leblos zu sehen, zu wissen, dass sie das Licht des kommenden Tages nicht mehr erblicken würden, wohingegen ich es trübe durch die stumpfen Brillengläser wahrnehmen würde. Ich hätte sie mir lebend gewünscht – dass sie herumlaufen, Zigaretten rauchen, sich unterhalten, sich lieben. Ich hätte sehen wollen, wie sie leben, jeden Tag bis zur Stunde meines Todes, solange meine Augen es erlaubten. Stattdessen lagen sie reglos in ihrem eigenen Blut, und mir kam eine Stelle in einem Buch von Jean Genet in den Sinn, wo er die Matrosen auf den Schiffsbrücken schildert und dabei die Schönheit ihrer beweglichen Körper rühmt. Denn das schließlich ist die Schönheit der Jugend. Alt werden ist vor allem eines: der sukzessive Verlust von Beweglichkeit. Alles andere ist erträglich. Wenig zu sehen, wenig zu hören, zwischen den Beinen ein trockenes Blatt statt eines saftstrotzenden Triebes zu haben… Aber sich so bewegen zu können, als gehöre einem die Welt, das fehlt wie die Luft zum Atmen. Das fehlt so sehr, wie man selbst sich fehlt…«

Er schwieg erneut und seufzte mit gesenktem Kopf. Dann hob er den Blick.

»Auch du bist ganz ansehnlich, Soldat, wenn mich das wenige Licht nicht trügt, das noch in meine Augen dringt. Ich weiß, Schönheit ist kein Verdienst. Doch seit jenem Tag in San Baltazar ist sie für mich der einzige Grund, warum ihr Jungen den Krieg gewinnen solltet. Die Schönheit muss den Krieg gewinnen. Die Natur muss den Krieg gewinnen. Das Leben muss den Krieg gewinnen. Ihr Jungen müsst den Krieg gewinnen. Darum hör gut zu, mein Junge, was ich dir zu sagen habe. Zieht euch in die Berge nördlich von Lunitch zurück und bleibt dort für ein paar Monate. Stellt die Verteidigung wieder auf, schöpft neue Kräfte, rüstet nach. Im Herbst werde ich noch einmal Legionen um Legionen dementer Alter wie mich in den Untergang führen. Die Dummköpfe können es kaum erwarten, sich niedermetzeln zu lassen. Du kannst dir nicht vorstellen, wie eitel die Alten sind: Beim

Gedanken, sich mit einer alten Flinte oder einem Dolch in der Hand auf ein Stoppelfeld zu schleppen und Soldat zu spielen, fallen sie beinahe in Ohnmacht vor Entzücken … Aber vielleicht ist das nur eine weitere Art, euch Jungen – nach allem, was wir euch bereits gestohlen haben – auch noch das Privileg streitig zu machen, im Kampf zu sterben. Innerhalb eines Jahres werden die Überlebenden feststellen, dass ihre Zahl sich dezimiert hat, dass sie ihre scheinbar exorbitante zahlenmäßige Überlegenheit gedankenlos vergeudet haben. Sie werden Angst bekommen, die wenigen Sonnenuntergänge am Meer, die wenigen geselligen Abendessen unter Freunden nicht mehr zu erleben, die ihnen noch zustehen. Du wirst sehen, dass sie das Waffenstillstandsabkommen unterschreiben. Beschlagnahmt ruhig ihre Güter, sie haben genug davon, doch seid so gnädig: Lasst ihnen Florida, die Côte d'Azur, ein Stückchen Erde mit gemäßigtem Klima, wo sie Pétanque spielen, Weißwein trinken und mit den Kellnerinnen schäkern können. Soll heißen, gesteht ihnen einen würdevollen Wartesaal zu, in dem sie auf den Tod warten, wenn möglich mit Meerblick, und sorgt dafür, dass die Ausstattung die bestmögliche ist, denn bald, das solltet ihr nicht vergessen, werdet ihr diejenigen sein, die ihren Platz einnehmen. Ach, und noch etwas: Wenn ich vor dem

Herbst sterbe, was sehr wahrscheinlich ist, wird General Pukmoisis meine Nachfolge als Verräter antreten. Ihm könnt ihr vertrauen. Er hat eine dreiundzwanzigjährige Geliebte, die auf eurer Seite ist, und er würde alles tun, um sich in ihren Augen verdient zu machen … Und da ist noch etwas: Ich habe eine Enkelin, nein, eine Urenkelin, die in Madrid bei der Guerilla ist. Sie heißt Scilla Persano. Seit beinahe drei Jahren habe ich sie nicht gesehen. Sie hat mir Dutzende wütender Briefe geschrieben, leidenschaftliche Briefe voller Groll und Tadel. Ich habe ihr nie geantwortet. Ich wollte sie nicht wissen lassen, dass ich über fast jedem ihrer Briefe geweint habe, vor allem dann, wenn ich meine Brille finden konnte, um sie zu lesen. Solltest du sie je treffen, gib ihr das hier.«

Brenno zog ein handbeschriebenes Blatt Papier aus der Tasche und reichte es dem jungen Oberleutnant.

Asio Silver trat zwei weitere Schritte auf den Alten zu und nahm das Blatt. Dann deutete er auf sein Maschinengewehr, das ganz in der Nähe lehnte. Mit einem Kopfnicken gab der Alte ihm zu verstehen, dass er es aufheben durfte. Als Asio seine Waffe in der Hand hielt, fragte er sich, ob er nicht besser daran täte, den Alten zu erschießen. Doch er sah ein, dass es nur sein jugendlicher Leichtsinn war, der mit ihm durchgehen wollte, und er beneidete den Alten um dessen Selbstbeherrschung, mit der er gesprochen hatte. Mit dem Maschinengewehr um den Hals deutete er einen Abschiedsgruß an und betrat, ohne sich noch einmal umzudrehen, die morsche Treppe des Gebäudes, stieg hinunter und wandte sich nach Norden. In der Hand hielt er Brennos Brief an dessen Urenkelin Scilla und überlegte, ob und wann er ihn lesen sollte.

Brenno blieb noch eine Weile auf dem Dach des Hauses sitzen. Er war erschöpft und lehnte seinen schmerzenden Rücken an denselben Schornstein, an dem das Maschinengewehr des Jungen gelehnt hatte. Er schloss die Augen. Im Delirium des Halbschlafs, das so typisch für das Greisenalter ist, sah er die Zwölf Märtyrer von San Baltazar sich erheben, das Blut abwaschen und Pachanga tanzen. Eines der Mädchen – das hübscheste – lächelte ihn an, strich sich die Haare zurecht und ging am Arm ihres Freundes fort. Brenno wünschte sich, bald zu sterben.

Zwei Wochen später wurde er verhaftet und wegen Hochverrats zum Tode verurteilt; doch er starb wenige Stunden vor der Erschießung in seiner Zelle, ein Selbstmörder wie Sokrates: Er hatte darauf verzichtet, die lebensrettenden Pillen einzuwerfen, die er seit Jahren jeden Abend nahm.

In diesem Frühling des Jahres 2054 steuerte, dank Brenno Alzheimer und seinem Verrat, der Letzte Große Krieg unaufhaltsam auf sein Ende zu, das die Geschichtsbücher folgendermaßen darstellen:

»Im Abkommen von Villerbosa (Februar 2055) erlaubte die Regierung der jungen Revolutionäre den Alten – gegen Herausgabe ihrer Waffen und eines Großteils ihrer angehäuften Reichtümer aus früheren Zeiten –, sich in große Reservate an den Küsten zurückzuziehen, in den gemäßigten Klimazonen des Planeten. Nachdem die Alten zahlenmäßig drastisch dezimiert worden waren, fügten sie sich in ihr Schicksal, und die Jungen nutzten die Chance, die Gesellschaft nach ihren Bräuchen und Vorstellungen neu zu ordnen.«

Die Produktion von Sweatshirts und Sneakern stieg in schwindelerregende Höhen und wurde zum Schwungrad für die Wirtschaft der westlichen Länder.

Wenn du nicht mit mir auf den Colle della Nasca kommst, könnte ich an gebrochenem Herzen sterben.

13

Die Leute sagen, du hättest einen Vater gebraucht. Einen richtigen Vater. Du hättest eine gutstrukturierte, gutkodierte Ordnung gebraucht, um sie dir entweder zu eigen zu machen oder sie in Frage zu stellen und zu bekämpfen und in dem Kampf zum Mann zu werden.

Es gibt kein Thema, das mich mehr in Verlegenheit bringt. Von einem Vater habe ich nicht mehr als ein paar Merkmale. Zum Beispiel das eine, nicht ganz unerhebliche, dass ich mit meiner Arbeit und meinem Schweiß für deinen Lebensunterhalt aufkomme. Ich weiß, es ist nicht angebracht, dich das spüren zu lassen (auch wenn es an deiner Stelle ebenso wenig angebracht ist, es vollkommen zu vergessen). Doch ich bin mir bewusst, dass ich all die anderen traditionellen Merkmale des Vaters – Regeln aufstellen, tadeln, bestrafen, disziplinieren – nicht überzeugend verkörpere. Immer wenn ich versuche, Ordnung zu schaffen, Regeln durchzusetzen, merke ich, dass ich mit der unsicheren Stimme des Improvisators spreche, nicht im gebieterischen Tonfall eines Mannes, der sich seiner eigenen Rolle bewusst ist. Ich merke, dass ich wirke wie jemand, der plötzlich angesichts einer hereinbrechenden Katastrophe daran erinnert wird, dass er Herr der Lage sein müsste. Und dass er es nicht ist. Er gibt vor, ein Programm zu haben, indem er wie der verlogenste oder unfähigste Politiker wild durcheinandergewürfelte Regelfetzen zusammenträgt, unwahrscheinliche Drohungen ausspricht, Schuldgefühle weckt, mit einer Stimme, die zwischen düsterem Grollen und schriller Hysterie schwankt. Im Verlauf dieser erregten und zum Glück seltenen häuslichen Kundgebungen zweifle ich selbst mindestens an der Hälfte der Dinge, die ich dir sage. Schon während ich sie ausspreche, spüre ich, dass sie einem verkrusteten rhetorischen Rüstzeug aus den Scherben alter Regelwerke angehören, die durch soziale Revolutionen weggefegt oder durch ihre eigene Aufgeblasenheit längst der Lächerlichkeit preisgegeben wurden.

Technisch gesprochen, bin ich der typische ethische Relativist. Dieser Begriff ist seit einigen Jahren im Umlauf, mehr oder weniger abwertend, je nachdem, wie sehr derjenige, der ihn verwendet, überzeugt ist, im Besitz der absoluten Wahrheit zu sein. Ich finde den Ausdruck ziemlich treffend. Er bezeichnet die Erwachsenen der westlichen Welt, die, abgesehen von einer winzigen Anzahl von zeitlosen Geboten ohne Copyright (wie: Du sollst nicht töten und auch nicht stehlen), jede ethische Position diskutabel finden, vor allem was das Privatleben angeht. Daraus entsteht eine gewisse Unfähigkeit, donnernde, trockene Neins und Jas auszusprechen, mit dieser Mischung aus Hochmut und Leichtgläubigkeit, die so sehr dabei hilft, an das zu glauben, was man sagt.

Ich bin der wankelmütige Vertreter einer empirischen Ordnung, die sich jeden Tag neu zusammensetzt und zerfällt, die in keinem Buch geschrieben steht, in keine Tafel gemeißelt. Doch ich hätte sie gerne mit dir zusammen gesucht, diese Ordnung, in den beschwerlichen Momenten des Zusammenlebens, wenn ich deine stinkenden Socken aufsammle, die dein Verweilen in einer längst hinfälligen Kindheit bezeichnen, womit du dich und mich in ein schlechtes Licht rückst, wenn ich die schmutzigen Teller spüle, die du im Waschbecken verschimmeln lässt, und deine furchtbare Faulheit ertrage, wenn ich eine Logik in deinen schwachsinnigen Zeitplänen suche – dem Nachhausekommen um fünf Uhr morgens, dem nachmittäglichen Aufstehen, dem Kommen und Gehen ohne die geringste Abstimmung mit den Mitbewohnern. Wie ein eigenbrötlerischer, unverschämter Gast.

Zeitweise habe ich die Wohnung mit parodistischen Geboten gespickt. Am Kühlschrank, im Bad, an der Eingangstür habe ich lustig-auffordernde Zettelchen aufgehängt, denn der Imperativ ist ein Modus, den ich aufgegeben habe – den wir aufgegeben haben, wir Nach-Väter dieser Nach-Zeit – und den ich darum nur parodieren kann. (Ist es dasselbe, einen parodistischen Vater zu haben wie eine Parodie von Vater?)

»Bevor du gehst, schau nach, ob auch alle Lichter in der Wohnung brennen!«, »Prüfe den Verwesungsgrad der Lebensmittel, bevor du sie verschlingst«, »Ist das mit Scheiße marmorierte Klo eine Kunstinstallation, oder darf es geputzt werden?«, »Lässt du deine Schamhaare aus religiösen Gründen im Bidet zurück?«, »Wenn du an der Eisenwarenhandlung vorbeikommst, kaufe bitte einen Meißel, damit wir deine verkalkten Zahnpastaspritzer am Waschbecken entfernen können«.

Meine unausgesprochene Hoffnung war, dass du, nachdem du gelesen und gelächelt hättest – falls dich so etwas überhaupt zum Lächeln bringt –, aus diesen freundlich-heiteren Hinweisen deine

Schlüsse selbst ziehen würdest und wüsstest, was zu tun wäre. Doch – Achtung! – ich spreche nicht von drohenden Mahnungen und festgefügten Aufgaben, von kastrierenden Systemen, vernichtenden Konstrukten von Religion und Moral, aber nein, wo denkst du hin, findest du, ich sehe aus wie ein Patriarch? Wie einer dieser alten Fanatiker, die jahrtausendelang der Jugend den Kopf zurechtgerückt haben, die Reihen geordnet, Stricke gedreht, Kriege entfacht, den Feinden schreckliche Plagen auf den Hals gehetzt haben, die darauf mit noch furchtbareren Plagen reagierten und sich dabei auf Gott beriefen (denk nur, was für Feiglinge! Zu feige, selbst Vater zu sein, drohten und straften sie im Namen eines Ewigen Vaters, des Vaters aller Väter, ein perfektes Alibi!). Nur der Froschregen, der ist einfach zu komisch, das wahre Meisterwerk unfreiwilliger Komik der Bibel (und ihrer Ableger), ich würde wer weiß was darum geben, so einen Froschregen auszulösen; wie gesagt, ich bin nicht der Typ für exemplarische Strafen. Und eigentlich auch nicht für leichte Strafen …

Wenn ich von richtigem Verhalten spreche, meine ich nur den ehrlichen, partiellen und nicht notwendigerweise erfolgreichen Versuch, ein angemessenes Gleichgewicht zwischen der eigenen schäbigen Existenz und der schäbigen Existenz der anderen herzustellen. Nichts weiter. Und es scheint mir derart offensichtlich, dass meine Zahnpastaflecken im Waschbecken und meine Schlieren im Klo um keinen Preis jemand anderem zugemutet werden sollten, dass ich überhaupt nicht verstehen kann, wie du deine Spucke und deine Scheiße gelassen vor meinen Augen in der unschuldigen Keramik zurücklassen kannst.

Das Klo sauber hinterlassen. Das Licht ausschalten. Die Schubladen und Türen der Kleiderschränke schließen. Das würde mir schon viel bedeuten. Nein: sehr viel. Ich wäre beinahe gerührt. So sehr, dass der Verdacht naheliegt, dass du so bescheidene Wünsche absichtlich nicht erfüllst, weil sie *zu* anspruchslos sind … eine so dürftige ethische Herausforderung, dass es deinen Geist überhaupt nicht berührt, der, wie es bei der Jugend üblich ist, den Funken des Heldenhaften in sich trägt, sich aber ganz bestimmt nicht an den mir so wichtigen häuslichen Umgangsformen entzündet. Würde ich dagegen mit weit aufgerissenen Augen vor dich treten und dir sagen, dass du sofort aufbrechen musst, noch heute Nacht, um mit Waffengewalt ein unterdrücktes Volk zu befreien, die Wilden zu missionieren oder irgendwelche Sünder über die Grenze zu jagen (um nur einige Gründe zu nennen, die uns

Relativisten nicht mehr zur Verfügung stehen), dann würdest du sehr wohl vom Sofa aufspringen, von einem Moment auf den anderen zum *hombre vertical* werden, den Rucksack packen, mich umarmen und dabei an mein Ohr gebeugt murmeln: Endlich, Vater, weist du mir ein Ziel, das diesen Namen verdient, statt diesem ganzen kleinlichen Mist, den ich mir seit meiner Geburt anhören muss! Du zeigst mir die leuchtende Sonne eines Glaubens, nicht eine Lampe, die ich ausschalten soll!

Darauf ich, die Tränen hinunterschluckend und mich zum ersten Mal ganz und gar als Vater fühlend: Geh hin, mein Sohn, bedecke dich mit Ruhm. Und mach dir keine Gedanken wegen des Klos, ich werde die Scheißestreifen wegputzen! Das, was mir bis heute als undankbare Aufgabe erschienen war, wird mir nun als die leichteste und ehrenvollste Aufgabe erscheinen! Denn es werden die Scheißestreifen eines Helden sein!

Oder vielleicht auch nicht. Vielleicht wäre es überhaupt kein Glücksfall, wenn du dich endlich von deinem Sofa erheben würdest, um mit Waffengewalt ein unterdrücktes Volk zu befreien oder die Wilden zu missionieren oder die Sünder zu vertreiben und so weiter. Denn der Preis dieser ruhmreichen Initiationen, dieser heldenhaften Unternehmungen, war für Generationen von Söhnen vor dir erschreckend hoch. Ganz einfach erschreckend. Und ich spreche dabei nicht von dem Risiko umzukommen, sondern von der Gewissheit eines Lebens unter der Last sexueller Tabus, gequält von den Zehn Geboten, erdrückt von den Pflichten, die Tempel und Gesetz vorschreiben, unter der erhobenen, schlagbereiten Hand des Vaters, und wenn sie nicht in den Krieg ziehen *mussten*, dann *mussten* sie zu Hause bleiben, um der Familie zu dienen, ehrwürdigen Dummköpfen gehorchen, die sie dahin steckten, wo sie am wenigsten störten und die Unversehrtheit des Familienerbes am wenigsten gefährdeten … Du, der du einen zögerlichen Nach-Vater vor dir hast, der im Grunde auf deiner Seite steht, ist es denn möglich, dass du nicht verstehst, was für ein Glück du hast? Ich weiß sehr wohl, dass ein sauberes Klo kein erfüllender Lebenssinn ist. So dumm bin ich nicht. Aber ist es möglich, dass der Kitzel einer relativen (in all den Jahrhunderten zuvor nie dagewesenen) Freiheit nichts weiter auslöst als Schlampigkeit und Unlust, Faulheit und schlechte Laune, und nicht auch eine gemeinsame Erleichterung darüber, dass dieses unmenschliche, grausame, die Freiheit beschneidende Totem endlich zerstört ist: das Absolute?

Aber vielleicht ist das etwas, was man erst viel später versteht oder überhaupt niemals vollständig verstehen kann (der Relativist bleibt eben er selbst, auch wenn es darum geht, den definitiven Exitus des Absoluten festzustellen…). Dazwischen liegt eine lange Zeit – deine Zeit –, in der die bizarre Idee offenbar nicht funktioniert, dass Ordnung auch durch ein Einvernehmen im freundschaftlichen Gespräch hergestellt werden kann; nicht nur durch Ausübung von Macht. Eine halbautomatisch hergestellte Ordnung, die nur wenige kleinere Handgriffe verlangt, so logisch, so notwendig, dass du dich dazu verführt fühlst und nicht gezwungen. Eine brüderliche und nicht etwa vom Vater diktierte Ordnung, die sich unter Gleichgearteten und Gleichberechtigten einstellt und sich demokratisch verbreitet. Eine Ordnung, die leicht zu erklären, leicht zu erlernen ist. Und vor allem: eine so gar nicht übergriffige oder unterdrückende Ordnung, dass derjenige, der sie durchsetzt, von der unangenehmen Pflicht befreit ist, gehasst zu werden.

Manchmal, wenn ich abends trüben Gedanken nachhing, während du in dein Anderswo verschwunden warst und ich in meine Ohnmacht eingeschlossen dasaß, fürchtete ich, aus Bequemlichkeit und Faulheit zu wenig Vater zu sein. Doch gleichzeitig dachte ich, wie unehrlich es wäre, als Träger einer strikten Ordnung aufzutreten, die auf eiserne Regeln und exemplarische Strafen zurückgreift. Was ist schlimmer, eine gutstrukturierte Autorität vorzutäuschen oder authentisch, aber schwach und schwankend in seinen Handlungen zu sein? Sag mir, wen hättest du lieber vor dir: jemanden, der eine klare Sprache spricht, die nicht die seine ist, oder jemanden, der seine eigene Sprache spricht, bei dem man aber leider nicht versteht, worauf zum Teufel er hinauswill? In der (x-ten) wütenden Debatte, die darüber in meinem inneren Parlament entflammt, erheben sich von rechts bittere Vorwürfe gegen die Linke, gegen den feigen Verzicht auf Autorität. Doch obwohl mich die Ahnung beschleicht, dass die Konservativen recht haben könnten, bleibe ich stur in den Reihen der Linken sitzen. Und weißt du, warum? Weil ich nicht anders kann. Wenn ich meine Macht nicht ausübe, dann ist das nicht nur Faulheit (obwohl auch sie eine Rolle spielt, doch keine entscheidende). Der Grund ist, dass ich an die Macht, wie sie vor deiner und vor meiner Zeit ausgeübt wurde, nicht mehr glauben kann. Und darum kann ich nicht, mich selbst belügend, auch dich belügen.

Schau mich an. Während im Parlament der reinste Tumult und Aufruhr herrscht, Gegenstände durch die Gegend fliegen und die Amtsdiener ihre liebe Mühe haben, die Menge zu beruhigen, bleibe ich mit gesenktem Kopf auf meinem Sitz – einem unter vielen –, das Gesicht in den Händen vergraben. Vor mir habe ich einige Notizen, die ich, kaum dass sie zu Papier gebracht waren, schon wieder zur Hälfte durchgestrichen habe. Ich versuche eine Ordnung herzustellen, und ich versuche es zu deinem Besten. Doch die Mühe scheint mir unermesslich. Ich falte meine Blätter zusammen und gehe hinaus, um ein bisschen Luft zu schnappen.

Wenn du nicht mit mir auf den Colle della Nasca kommst, prügle ich dich windelweich.

14

Liebe Scilla,

wenn Du diesen Brief liest, ist der Krieg höchstwahrscheinlich aus, und ich bin tot. Ich weiß nicht, warum diese beiden Ereignisse – mein Ende und das des Krieges – für mich zusammengehören. Ich war schon immer ziemlich anmaßend.

Ich wollte Dir sagen, dass Du in vielen Dingen recht hattest, auch wenn ich mich nicht an alle erinnere. Du weißt schon, welche ich meine, und auf Deine Erinnerung kommt es an, da ich schon bald nicht mehr sein werde und dann Du statt meiner auf Erden bist. Ich glaube, wir haben uns zuletzt in Marseille gesehen. Du warst dort mit Deiner Mutter. Du siehst ihr sehr ähnlich. Ich wünschte, Du hättest auch ein bisschen Ähnlichkeit mit mir, doch mir ist bewusst, dass mit den nachfolgenden Generationen der Abdruck eines jeden von uns in dieser Welt verblasst, wie ein Tropfen, der sich immer mehr verdünnt, bis er sich schließlich ganz auflöst. Dieser furchtbare Krieg wurde vor allem von uns angezettelt: Wir wollten nicht wahrhaben, dass wir verschwinden müssten, und wenn Du einmal an der Reihe bist – das geht schneller, als Du glaubst –, wirst Du sehen, dass es nicht leicht ist, das hinzunehmen. Wenn ich Dir einen Rat geben darf, fang schon heute an, Dich darauf vorzubereiten. Ich verfolge seit Jahren ein ganz einfaches System. Ich stelle mich vor den Spiegel, sehe mir mein Gesicht und meinen Körper ganz genau an, und dann springe ich so schnell wie möglich zur Seite, während ich weiter in den Spiegel schaue. Es mag Dir absurd scheinen, und vielleicht ist es das auch, doch auch in meiner Abwesenheit reflektiert der Spiegel weiterhin ungerührt das Licht der Welt: die Fliesen des Badezimmers, das Brett mit dem Radio und dem Rasierpinsel darauf, ein Stück Fenster und im Fenster die Zweige der Platane und ein paar Vögel, die kommen und gehen. Du kannst Dir nicht vorstellen, wie sehr es mich beruhigt, dass die Vögel nichts von meinem Verschwinden bemerken. Den Vögeln bin ich vollkommen egal. Abgesehen von den äußeren Umständen des Ereignisses besteht der einzige Unterschied zwischen einem guten und einem schlechten Tod darin, ob man sich darüber freuen kann, dass die Vögel noch da sein werden, wenn man selbst nicht mehr ist, oder ob man sich grämt und den Lebenden das Leben neidet.

Was Euch betrifft und Dich im Besonderen: Es hat mich bedrückt zu wissen, dass auch Du in diesen dreckigen Krieg involviert warst. Das ist eine grobe Arbeit, etwas für Männer, für die Schwerindustrie, und wie der Dichter sagt: An euren Fesseln klirren die leichten Ketten der Liebe. Du hast ja keine Ahnung, wie sehr ich die Frauen geliebt habe. Viel mehr als die Männer.

Schlag eine neue Seite auf, geh am Strand spazieren, rede und lache mit Deinen Freunden beim Genuss einer Bouillabaisse, und wenn Du genug vom Weißwein hast, trink einen leichten Roten. Und wenn irgend möglich, setz ein Kind in die Welt, oder besser noch zwei, es kann ganz schön nerven, aber es ist auch unsere Pflicht, sich dem Leben – unserem einzigen wahren Gebieter – erkenntlich zu zeigen. Und noch eine Sache, nein zwei. Eine ist wichtig, die andere weniger. Die wichtige von beiden habe ich vergessen. Die weniger wichtige: Sorge dafür, dass die Portulaken auf dem Balkon meiner Wohnung am Meer wenigstens ab und zu gepflegt werden und ein bisschen Wasser bekommen.

Dein Urgroßvater Brenno

Asio Silver übergab den Brief der Kassiererin eines Tabakwarenladens in Madrid und erfüllte damit seinen Auftrag. Der Brief wurde in eine Schublade gelegt, da die rechtmäßige Empfängerin noch im Untergrund kämpfte. Es ist ungewiss, ob der Brief je in Scillas Hände gelangte oder in den turbulenten und herrlichen letzten Kriegstagen verlorenging, als das Leben der Jungen zu neuer Blüte gelangte, während die Gerippe der Alten unter den Grabsteinen und in den über ganz Europa verstreuten Massengräbern langsam zu Staub zerfielen.

Ich habe für dich einen Termin beim berühmten Hypnotiseur Tarik Agadschanian ausgemacht. Ich glaube, unter Hypnose könntest du bequem mit mir zum Colle della Nasca hinaufsteigen.

Dann, eines Tages, bist du mit mir auf den Colle della Nasca gekommen. Ich weiß nicht, durch welche Verkettung von Umständen, ob aus Verzweiflung, aus Mitleid oder einfach durch Zufall. (Weil du nichts anderes vorhattest. Weil du einen Augenblick unaufmerksam warst. Weil du eine Wette mit deinen Freunden verloren hattest und die Strafe lautete: »Du musst das tun, was dir auf der Welt am meisten verhasst ist.«) Sicher nicht, um meinen unzähligen vergeblichen Beschwörungen, Drohungen und Nötigungsversuchen nachzugeben.

Aber du bist mit mir hinaufgestiegen. Als ich schon nicht mehr damit rechnete und meine Bemühungen, dich auf diesen meinen steinigen Zenit zu schleppen, bereits den vollständigen Katalog sämtlicher hilfloser Verführungskünste und Erziehungsfehler ergaben. *Se-ducere, e-ducare*, verführen und erziehen, haben im Italienischen dasselbe Stammwort, handelt es sich doch in beiden Fällen darum, jemanden an den Ohren zu packen, möglichst nur metaphorisch, und ihn vorwärts zu zwingen. Ihn zu zwingen, dich anzuhören. Doch auch ›Duce‹ hat dieselbe Wurzel. Wie ›Conducator‹. Beide Führer sind schließlich und verdienterweise vor dem Hinrichtungskommando gelandet. Ich rufe mir das immer wieder ins Gedächtnis, die Sache mit dem Duce und dem Conducator, wenn ich auf Nachsicht für meine schwache Führung hoffe, Nachsicht für das Nicht-Erziehen, Nicht-Verführen. Vielleicht ist es gar nicht so schlimm, niemanden irgendwohin führen zu wollen – oder aber es nicht zu schaffen, obwohl man es gerne möchte. Wenn der Nicht-Geführte an die Versäumnisse der Vergangenheit zurückdenkt, kommt er vielleicht einmal zum Schluss: Dieser Schlappschwanz hat mir zwar nichts beigebracht, er hat mich nirgendwohin gebracht, aber wenigstens hat er mich mein Leben leben lassen. Was den Ausflug mit dir betraf, hatte ich sehr geringe Ambitionen. Ich wollte dich nur an einen bestimmten Ort bringen, den Colle della Nasca, und dich dann für immer in Ruhe lassen, weil ich selbst meinen Frieden gefunden hätte. Wenigstens formell hatte ich im Hinblick auf dich keine weiteren derart expliziten Ziele.

Ich war schon seit ein paar Tagen in der Gegend, als du mich anriefst und dich ankündigtest. Seltsamerweise nicht mit Scharen von Freunden oder mit irgendeinem Mädchen, einem deiner üblichen Geschwader, die dazu dienen, Masse zu erzeugen und dem Gespräch unter vier Augen aus dem Weg zu gehen. Du kamst alleine, wir waren zu zweit, nur du und ich.

Du sagtest: Jetzt, wo ich hier bin, bring mich an diesen verdammten Ort, von dem du immer redest. Dann sehen wir ja, sagtest du, was daran so besonders ist.

Ich sagte dir, du habest nicht die passenden Klamotten. Du sagtest, sie passten wunderbar.

(Du trugst: ausgelatschte Sneakers aus Kunstleder, durch die jeder einzelne spitze Stein durch die Sohle zu spüren sein würde; Hosen mit tiefsitzendem Schritt, die garantiert nach wenigen Schritten von der Hüfte fielen, unmöglich, mehr als zwanzig Meter zurückzulegen, ohne sich die Hüftgelenke auszurenken, nur um sie breitbeinig oben zu halten; ein weißes, ziemlich abgetragenes T-Shirt mit einem großen Zigaretten-Brandloch auf der rechten Schulter; Kapuzenjacke irgendeiner Band von drogensüchtigen Kriminellen, von der ich nie gehört habe; zwei Piercings; sonst nichts.)

Ich sagte, dass aus einer These (ich) und einer

Antithese (du) notwendig eine Synthese entstehen müsse und dass die Synthese eine Inspektion meines Kleiderschranks sein könnte, um nachzuschauen, ob wir etwas für dich zum Anziehen finden. Du sagtest, ich rede Mist. Ich sagte, der wahre Mist sei es, einem Vater zu sagen, er rede Mist, besonders wenn das nicht wahr sei. Du fragtest, ob ich streiten wolle. Ich sagte, ich streite gar nicht. Wir nahmen nur wie immer Haltung an. Du die deine, ich die meine.

Ganz nach Plan sind wir kurz nach fünf aufgebrochen. Da das in etwa die Zeit ist, zu der du normalerweise zu Bett gehst, war das für dich kein Problem. Du hast die Nacht mit dem Schreiben von SMS und dem planlosen Surfen im Internet verbracht und dabei geraucht, vielleicht auch in eine Decke gewickelt zwei Stunden auf dem Sofa geschlafen. Am Tag zuvor warst du um drei Uhr nachmittags aufgestanden. Wie üblich in Übereinstimmung mit der Zeitzone von Anchorage.

Ich hatte die kurze Nacht in einem Dämmerschlaf voller finsterer Vorahnungen verbracht, mit Bildern von Unfällen im Hochgebirge, Hustenanfällen, konfusen Absichten eines erlösten Vaters und vor allem (Applaus! Applaus!) eines Erlösers. Im Kopf ging ich die Strecke durch, fürchtete, die

Abzweigung vor dem Corno Basso zu verpassen. Seit mindestens zwanzig Jahren hatte ich diese Wanderung nicht mehr gemacht. Seit der Zeit vor deiner Geburt. Und in der beängstigenden Wirrnis meiner nächtlichen Gedanken schien mir der Weg, der mir einst so vertraut gewesen, den ich in meiner Jugend Dutzende Male gegangen war, auf einmal unbekannt und vielleicht unwegbarer, als ich ihn in Erinnerung hatte. Vielleicht auch viel länger. Vielleicht viel weniger spektakulär, besonders der anfängliche Aufstieg durch den feuchten, schier unendlichen Lärchenwald. Ich zählte weiterhin auf die Wirkung des letzten herrlichen Teils; doch der Gipfel, den ich in blendendem Kontrast zu den Deckeln meiner geschlossenen Augenlider vor mir sah, war gefährlich dem Wind, der Kälte und der Leere ausgesetzt, und wir beide darauf wehrlos, vielleicht war es unvorsichtig von mir, dich auf den Gipfel zu führen, ganz bestimmt leichtsinnig, verrückt, ein Vater, der den dicken Max markieren will und den Sohn in ein entsetzliches Abenteuer hineinzieht, wer weiß, wie viele Väter schon in den Bergen gestorben sind, die es dem Sohn zeigen wollten, alte besserwisserische Trottel wie ich, und wie viele Söhne, die den Vätern folgten, um sie nicht zu enttäuschen, stell dir vor, um die Väter nicht zu enttäuschen …

Und dann auch noch mit diesen Scheißschuhen, warum hast du nur diese Scheißschuhe, ist dir mal aufgefallen, wie viele verschiedene Schuhtypen aus wie vielen verschiedenen Materialien die Menschheit erfunden hat? Such mal bei Google nach ›Schuhen‹, und schau dir an, was für einen tollen Katalog es gibt, Stiefel, Mokassins, Schnürstiefel, englische und italienische Schuhe, Schuhe für jede Sportart, chinesische Pantoffeln, glänzende Tangoschuhe, Fischerstiefel, Robbenfellschuhe für Eskimos, Militärstiefel, arabische Schlappen, Sadomaso-Stiefel, mittelalterliches Schuhwerk aus Eisenketten … Es gibt weiche, harte, schwere, leichte, spitze, runde, gefütterte, gegerbte Schuhe mit Kreppsohlen, Sohlen aus Jute, Leder, Plastik, Büffeldarm, Polypropylen, Polymethylbiphenyl, festliche Schuhe, Arbeitsschuhe, Schuhe mit Nieten, Schnallen, Riemen, Schuhe ohne Nieten, Schnallen oder Riemen, es gibt sogar welche mit eingedrehter Spitze und einem Glöckchen darauf, weißt du, die der Hofnarren … Und sogar – ich weiß, es klingt unglaublich –, sogar Wanderschuhe, die so heißen, weil man sie zum Wandern in den Bergen brauchen kann. Sie sind wasserdicht, haben eine robuste Sohle und gute Bodenhaftung. Warum also willst du auf zweitausendsiebenhundert Meter mit denselben formlosen Tretern hinaufsteigen, die du auch am Meer und auf dem Straßenpflaster der Stadt, bei Schnee und Schlamm, bei Minusgraden wie bei asphaltaufweichender Hitze trägst?

… Ich stellte mir das gleißende Licht und den anstrengenden Wind vor, die mich in wenigen Stunden erwarteten, die Erschöpfung, die Kälte, die Entmutigung, ich sah dich erfroren, die Füße voller Blasen, und kuschelte mich in dem kleinen dunklen Raum immer tiefer in mein Bett, zog Arme und Beine an, um möglichst wenig Platz einzunehmen, als ob diese Embryonalstellung verhindern könnte, dass der Morgen kam, mich vor dieser absurden Wanderung an einen Ort beschützen könnte, an den ich mich kaum erinnerte und an dem ich, genau gesagt, wahrscheinlich nur fünf- oder höchstens sechsmal gewesen war, obwohl ich immer angeberisch von »meiner Wanderung« spreche, denk nur, was für ein Gerede, was für Schlitzohren wir sein können, wir Männer. Dein ganzes Leben lang hörst du mich von »meiner Wanderung« reden … Hätte ich doch dich mal gefragt, ob du eine Wanderung kennst und warum du mich nie dazu mitnimmst.

Ja, ich weiß, dass deine Lieblingswanderung wahrscheinlich nicht mehr als dreihundert Meter lang ist (wie solltest du auch weiter laufen, mit diesen Schuhen, diesen Hosen!). Ich weiß auch, dass es sich höchstwahrscheinlich um das Überqueren eines Parkplatzes und eines Kreisverkehrs handelt, von deinem Lieblingskiosk zur Wohnung deines Freundes Pico oder Bingo, den Namen habe ich vergessen (und auch er trägt die gleichen Scheißschuhe!, die gleichen Hosen!). Aber wenn wir deine Wanderung gemacht hätten, würde uns jetzt wenigstens nicht dieses Bergsteigerunglück bevorstehen, dem drei oder vier Spalten auf der ersten Seite von *Nice Matin* gewidmet würden …

Warum musste ich dich unter allen Umständen in die gefährliche Welt hinausstoßen? Warum musste ich auch dich dazu zwingen, dieselben letztlich altbekannten und banalen Prüfungen zu durchlaufen wie ich selbst, wie Hunderte von Generationen vor dir, einfallslos wie Affen, immer wieder dasselbe, die Angst, es nicht zu schaffen, zu stürzen, eine schlechte Figur abzugeben, nicht Herr der Lage zu sein, die eigenen Kräfte zu überschätzen, die unermüdliche Grausamkeit der Welt zu unterschätzen; warum bin ich dir zehn Jahre lang derart unnachsichtig auf den Geist gegangen, um dich auf einen Steinhaufen zu schleppen, den das Kind, das ich einmal war, idiotischerweise zum Mythos erhoben hat, ganz bestimmt selbst irregeführt von einem aufdringlichen Erwachsenen, wie du heute von mir?

In den letzten Zügen meines Traumes oder Halbschlafes schien mir der Colle della Nasca wie eine waghalsige, geradezu halsbrecherische Unternehmung in eisigen Höhen unter Hagelstürmen und Blitzen. Das einzig Positive daran wäre, wieder hinunterzusteigen – sollten wir überhaupt dazu kommen –, an Höhe zu verlieren und uns in Sicherheit zu bringen, unter einem Dach, in den kleinen Zimmern, wo es bestimmt ebenso gut möglich ist, Raum und Zeit zu bemessen; tun das nicht – seit je – die Frauen, die es offensichtlich nicht nötig haben, im Freien den Draufgänger zu markieren?

Dann begann das Morgenrot durch die Fensterläden zu sickern; die Nacht zog sich zurück, wie sie es immer tut, und jedes Ding erhielt dank dem majestätischen und beruhigenden Tempo der Erdumdrehung innerhalb weniger Minuten seine wahren Umrisse zurück, wurde wieder ins rechte Licht gesetzt.

Ich traf dich rauchend auf dem Balkon an. Du warst so angezogen, wie du immer angezogen bist. Du schwiegst, als ich dir eins meiner sauberen T-Shirts, dicke Socken und eine Regenjacke in deinen Rucksack steckte, und ließest mich gewähren.

Natürlich hattest du Kopfhörer auf. Eine Woche

zuvor hatte ich dir den neuen iPod geschenkt, zu deinem neunzehnten Geburtstag. Ich hätte dir sagen wollen (sollen? können? Es fällt mir zunehmend schwer, zwischen diesen drei Verben zu unterscheiden), dass in den Bergen nur die Stimme der Natur zu hören und jedes andere Geräusch überflüssig und störend ist. Die aufgeblasene Rhetorik dieses Konzepts brachte mich davon ab; ich schwieg und ersparte dir die Mühe, einen Ohrstöpsel herauszunehmen, um zu verstehen, was ich sagte, und mir zu antworten: Meine Ohren gehören mir. Vielleicht verlangte es die Außergewöhnlichkeit dieses Tages, dass wir Wiederholungen vermieden, sowohl du als auch ich. So als versuchten wir wenigstens dieses eine Mal, ich ein bisschen weniger ich und du ein bisschen weniger du zu sein.

Der Morgen war kühl, am Himmel kämpften noch die letzten Sterne gegen das Morgenrot, der Tag versprach strahlend zu werden. Mit den Rucksäcken auf dem Rücken gingen wir hinunter zur Straße. Du schienst mir blass und abwesend, wie üblich; und anmaßend wenig aufnahmebereit für das, was dich an diesem Morgen im Gegensatz zu anderen Tagen umgab. Als wäre auf einen Berg zu steigen dasselbe, wie zum Basketballtraining oder zur Schule, zum Arzt oder ins Einkaufszentrum zu gehen, und könnte dich nicht berühren. (Vielleicht berührt es dich doch, aber nur in deinem tiefsten Inneren, ohne dass du es äußerlich – mündlich oder mimisch – zu erkennen gibst, weil es sich dadurch abnutzen könnte … Einen Augenblick zuvor, als ich dich beobachtete, wie du deinen Kaffee auf dem Balkon in den Bergen genau so trankst, wie du ihn zu Hause in der Stadt, in Sansibar oder in einem Café in Atlantis getrunken hättest, durchfuhr mich etwas wie eine enthüllende Intuition, und mich überlief ein Schauer der Hoffnung: Vielleicht bist du, seid ihr gar nicht so schlaff und der Welt nicht gewachsen, sondern blasiert, also über ihr stehend. Snobs neuer Prägung, die aus der Not eine Tugend gemacht haben. Schließlich seid ihr in einer Welt gelandet, die schon alle Erfahrungen verbraucht hat, jedes Lebensmittel genossen, jedes Lied gesungen, jedes Buch gelesen und geschrieben, jeden Kampf gekämpft, jede Reise unternommen, jede Wohnung eingerichtet, jede Idee hervorgebracht und überholt hat … Von euch zu verlangen, dass ihr in dieser verbrauchten Welt herumlauft und ausruft: »Wie schön!«, enthusiastisch die Straßen abschreitet, die bereits Millionen von Schritten vor euch ausgetreten haben, nein, das wollt ihr – könnt ihr, dürft ihr – uns nicht gönnen. Das wenige, das ihr dieser geplünderten Welt entreißen könnt, haltet ihr fest umklammert. Ihr sagt uns nicht: »Das gefällt mir«, aus Angst, dass es bereits uns gefallen haben könnte. Dass euch auch das genommen wird.)

Beim Aufbruch hast du dir eine Zigarette angezündet und, mich nachäffend, verkündet: »Jetzt wird geschwitzt und geschwiegen.« Ich ging zügig, du folgtest mir schweigend und hörtest über deine Kopfhörer wer weiß was für einen Mix von urbanen Ghetto-Jeremiaden. Ich dachte eigentlich, dass es zwischen Rap und Lärchen keinerlei Bezug geben könne. Schwer vorstellbar, wie schwarze Jungs und Raufbolde aus Denver, Lyon oder Napoli mit verkehrt herum aufgesetzten Schirmmützen und Bierdosen in der Hand hier hinaufsteigen, höchstens in einem anderen Leben oder im Traum, oder nachdem sie einen ganzen Reifenmantel geschnüffelt haben, durch diesen Wald oder einen Wald wie diesen, auch sie schwitzend und schweigend … Andererseits steht auch nirgends geschrieben, dass die Berge das ewige Monopol von Damen und Herren mit knielangen Hosen und Wanderstock sein müssen, wie auf den vielen alten und uralten Fotos, die in heimischen Schubladen liegen oder Wände zieren, Onkel, Tanten, Großväter, Vorfahren aus dem neunzehnten Jahrhundert, die auf ihren schwarzweißen Daguerreotypien aussehen, als läge ihnen jegliche Anstrengung fern, aufgenommen beim Aufstieg, wie sie elegant von einem Bergrücken grüßen, der nur Glanz ist – Schönheit und Glanz; die bürgerliche Bergordnung, die im Grunde immer noch dieselbe ist und die ich dir zeigen will, von der ich mir vormache, dass sie deine Gedanken ordnen und dein Urteilsvermögen meinem angleichen könnte, wer weiß, warum …

Ich bin ein bürgerlicher Linker. Nirgendwo steht geschrieben, dass auch du ein bürgerlicher Linker werden musst.

Ich setzte langsam einen Fuß vor den anderen. Ich fürchtete, dass deine tägliche Packung Zigaretten dir das Atmen schwermachen könnte, dass du schnell die Kondition verlieren würdest. Oder die Lust. Ich erwartete, dich jeden Moment fluchen zu hören, über einen Stein, an dem du dir den Fuß aufgeschürft oder den Knöchel verstaucht hast. Oder weil du die Idee verfluchtest, mir hierherauf gefolgt zu sein. Ich habe dich nie zuvor länger als zehn Minuten am Stück gehen sehen, auf einer deiner Shoppingtouren, bei denen ich als Geldgeber ohne Mitspracherecht geduldet wurde.

Doch für den Augenblick folgtest du mir ohne

ein Wort. Wenn ich den Schritt beschleunigte, spürte ich dich weiterhin dicht auf meinen Fersen. Als wir nach zwei Stunden in den Sonnenschein oberhalb der Baumgrenze hinaustraten und rasteten, wobei wir die Pullover auszogen, im Fluss tranken, du eine Zigarette rauchtest und ich dir beim Rauchen zuschaute, da warst du nicht verschwitzter als ich.

Wir aßen etwas, schweigend. Du warst blass, hattest dunkle Augenringe. Du sahst dich um, ohne zu lächeln, ich weiß nicht, ob resigniert oder zerstreut. Der See leuchtete lebendig in der Morgensonne, auf der gegenüberliegenden Seite platschten geräuschvoll zwei kleine Wasserfälle von der Felswand hinab. Forellen sprangen und hinterließen auseinanderlaufende Kreise im Wasser. Ich hätte wer weiß was dafür gegeben, um zu erfahren, ob diese wundervolle Landschaft dir gefiel, dich berührte. Ich hütete mich, dich danach zu fragen.

Dafür habe ich dich nach den Schuhen gefragt. Du sagtest: Kein Problem. Sie sind perfekt, meine Schuhe. Sie sind viel besser als deine.

Die Krise kam, als wir weitergingen und es langsam heiß wurde. Nach einer weiteren knappen Stunde Aufstieg bist du stehen geblieben, auf halbem Weg zwischen See und Gipfel, mit vor Anstrengung noch dunkleren Augenringen, keuchendem Atem, schlechter Laune, und hast gesagt, die Füße täten dir weh und du seist schon mehr als genug gelaufen. Ich sagte, dass es schade wäre umzukehren, aber dass wir es trotzdem tun würden, denn es sei gefährlich, in schlechter körperlicher Verfassung in die Berge zu gehen. Du sagtest, dass du ganz und gar nicht in schlechter körperlicher Verfassung seist. Ich sagte, dass es durchaus für eine schlechte körperliche Verfassung spreche, wenn man nicht trainiert war, eine Packung Camel am Tag rauchte und von gestern auf heute nur zwei Stunden geschlafen hatte.

Du zogst eine deiner Rapper-Mützen aus dem Rucksack. Setztest sie mit dem Schirm nach hinten auf, und ich konnte es mir nicht verkneifen, dich darauf hinzuweisen, dass der Schirm zum Schutz der Augen vor der Sonne dient. Ich schütze meinen Nacken, hast du geantwortet, und dann bist du schweigend weitergegangen.

Ich fand, das zeugte von bemerkenswertem Stolz, der allerdings nicht lange anhalten würde: Uns erwarteten noch mindestens zwei volle Stunden Aufstieg in praller Sonne. Hitze und Erschöpfung steigerten sich stetig. Ich ging neben dir, sah, wie du auf den Boden vor deinen Füßen schautest, bleich und gelangweilt vor dich hin gingst. Ich bereitete mich auf den nächsten Halt und die Umkehr vor.

Du erreichtest schnaufend, mit langsamem Schritt, den Weg, der um das Corno Basso herum und dann auf den steilen Geröllhang zugeht, der zum Sattel hinaufführt. Ich ging ein wenig voraus. Ein paar Mal war ich stehen geblieben, um auf dich zu warten. Es tat mir leid für dich, dass ich dir diese unnötige Mühe zugemutet hatte, als wäre es eine Pflicht, die Berge zu lieben, zu wandern und zu schweigen, schweißgetränkt, in den Fußstapfen der anderen. Ich überlegte, dass meine Kultur und meine Gefühle im Grunde die Hinterlassenschaft einer Handvoll Generationen ist, zweier Jahrhunderte höchstens. Die bürgerliche Gesellschaft mit ihren *promenades* und ihren Knickerbockern ist nichts weiter als ein kleiner Abschnitt in der langen Linie der Geschichte. In einer gar nicht allzu phantastischen Collage aus eigenen Erinnerungen und alten Fotografien sah ich die vorangegangenen Generationen genau diesen Weg hinaufsteigen, meine Eltern, meine Großeltern, die Onkel und Tanten, womit auch nicht näher bezeichnete Familienmitglieder und Freunde der Familie gemeint sind... Wie sehr habe ich mich verpflichtet gefühlt, ausgerechnet dieser Spur zu folgen? Wie sehr habe ich *gewollt*? Wie sehr habe ich *gemusst*? Und spielt das letztlich überhaupt eine Rolle?

Ich ging mit gesenktem Kopf, mit kurzen, aber regelmäßigen Atemzügen, ein nach innen gerichtetes Gehen, unaufmerksam gegen den Himmel und die Landschaft, in Gedanken versunken. Und du?

Du warst plötzlich nicht mehr hinter mir. Ich habe mich einigermaßen besorgt umgedreht, als ich deine Schritte nicht mehr hinter mir hörte, und sah dich nicht. Als mir bewusst wurde, dass ich wer weiß wie viele grüblerische, einsame Minuten nicht auf dich geachtet hatte, bekam ich einen Schreck und rief laut deinen Namen. Mehrmals. Ich bekam keine Antwort. Besorgt machte ich ein paar Schritte Richtung Tal, um nach dir Ausschau zu halten.

Dann hörte ich deine Antwort – »Ich bin hiiiiier!« –, die im Gestein widerhallte und von ferne an mein Ohr drang. Ich suchte weiter unten nach deiner Silhouette, auf dem Weg, den ich bereits gegangen war, ließ den Blick über die Schieferplatten schweifen, auf denen die schwache Spur des Weges kaum zu erkennen war. Dann hörte ich dich wieder rufen:

»Ich bin hiiiiier! Papaaaaa!«

Diese kindliche Form, nach dem Vater zu rufen,

steigerte meine Sorge, und ich bekam es mit der nackten Angst zu tun. Dass ich an dieser exponierten Stelle der Welt, in dieser verschwommenen zeitlichen Dimension, wo meine eigene Kindheit noch in der Luft hing, »Papa« gerufen wurde, und auch noch von weit weg, jagte mir einen gehörigen Schrecken ein. Es klang wie eine Anklage. Ein Ruf zur Ordnung. Ich – kein anderer – war diese zwei Silben. Ich bin derjenige, der *muss.* Der vielleicht nicht will, vielleicht nicht kann, aber trotzdem *muss.*

Verwirrt und von der Höhe und der Weite der Landschaft irregeführt, schweifte mein Blick ziellos umher, suchte die ganzen dreihundertsechzig Grad ab, deren verlorenes Zentrum ich war. Und schließlich sah ich dich. Du warst über mir. Weit über mir, beinahe einen Kilometer voraus, kurz vor dem Gipfel. Du hattest mich überholt und abgehängt, ohne dass ich es bemerkt hatte, versunken wie ich war in meine komplexen Abrechnungen mit dem großen System. Plötzlich merkte ich, dass ich schwer atmete, meine Beine schwer waren, als ob all meine Jahre, jeder einzelne meiner Schritte plötzlich Gehör verlangten. Alle auf einmal.

Über dir nur die dünne Luft von dreitausend Metern Höhe, der klare kobaltblaue Himmel, der in sich die Schwärze des Alls birgt, aber pures Licht ist, wenn die Sonne ihn entzündet. Ich blieb stehen, um dir nachzusehen, erstaunt, ja gerührt. Du gingst schnell, mit federndem Schritt, der Geschicklichkeit, Sicherheit, vielleicht sogar ein Glücksgefühl ausdrückte, jenes Glücksgefühl, von dem ich nie gedacht hätte, dass du oder einer deiner Kollegen es je empfinden könnte, weshalb mir jetzt fast die Tränen kamen. Während ich nicht hingeschaut hatte, hattest du dir die Hosen mit dem Gürtel hochgezogen. Und von unten betrachtet sah es beinahe aus, als ob du flögest, mit deinen langen Beinen und deinen absurden Schuhen, mager und schlaksig, und ganz klar wüsstest, wo's langgeht.

Viel weiter oben als ich.

Nach wenigen Schritten hattest du den Gipfel erreicht. Als deine Silhouette sich gegen den Himmel abzeichnete, hast du dich umgedreht, die Rapper-Mütze abgenommen und mir damit gewinkt. Du warst zu weit weg, als dass ich dein Gesicht hätte sehen können, aber ich weiß, dass du lächeltest. Dann hast du mir den Rücken zugedreht, deine Mütze wieder aufgesetzt und bist mit wenigen Schritten hinter dem grauen Kamm des Berges verschwunden.

Ich habe dich gerufen – »Warte auf mich!« –, aber du hast nicht geantwortet. Du hast mich nicht mehr gehört.

Endlich durfte ich alt werden.

Bitte beachten Sie auch die folgenden Seiten

Michele Serra

Kleine Feste

Geschichten und Beobachtungen
Aus dem Italienischen von
Julika Brandestini
(Derzeit ausschliesslich
als eBook erhältlich)

Zwölf Miniaturen, zwölf kleine Feste. Da ist zum Beispiel Saletti: Er möchte beten, doch er glaubt nicht an Gott. Um einen atheistischen Ritus zu begründen, lädt er seine Freunde an den Fluss und auf den Bergkamm ein. Die ersten Versuche sind bizarr, kläglich und großartig zugleich.
Auch das betagte Ehepaar Mauser feiert gern: Zwar sind die beiden nur noch wacklig auf den Beinen, und der Kopf will nicht mehr so recht. Doch die tägliche *happy hour* in dem schicken Café in Bologna lassen sie sich nicht nehmen. Denn sie besagt: Wir sind noch am Leben – und genießen es.
Wie schon in *Die Liegenden* erweist sich Michele Serra als scharfer Beobachter der Gegenwart und entlockt auch scheinbar profanen Momenten eine versteckte Poesie.

»Ein großartiger Autor.«
Claudio Magris

Anthony McCarten im Diogenes Verlag

Superhero

Roman. Aus dem Englischen von Manfred Allié und Gabriele Kempf-Allié

Donald Delpe ist 14, voller unerfüllter Sehnsucht, Comiczeichner. Er möchte nur eines wissen: Wie geht Liebe? Doch er hat wenig Zeit – er ist schwerkrank. Was ihm bleibt, ist ein Leben im schnellen Vorlauf. Das schafft aber nur ein Superheld. Donald hat sogar einen erfunden – MiracleMan. Aber kann MiracleMan ihm helfen, oder braucht Donald ganz andere Helden?

»Anthony McCarten hat die unglaubliche Gabe, diese Geschichte so aufzuschreiben, dass es einem das Herz zerreißt, während man über die Einfälle von Donald, seine Sprüche und seinen unbesiegbaren Humor kichert.«
Annemarie Stoltenberg / Hamburger Abendblatt

»Anthony McCartens Roman *Superhero* ist ein radikales Buch über den Hunger nach Liebe und das Sterben im Pop-Zeitalter.«
Evelyn Finger / Die Zeit, Hamburg

Auch als Diogenes E-Hörbuch erschienen, gelesen von Rufus Beck

Englischer Harem

Roman. Deutsch von Manfred Allié und Gabriele Kempf-Allié

Eine junge Frau zu ihren Eltern, untere Mittelschicht im Londoner Vorort: »Ich habe eine gute und eine schlechte Nachricht. Die gute: Ich heirate, die schlechte: Er ist Perser. Und übrigens: Er hat bereits zwei Frauen.« So beginnt ein provozierender Roman über Heimat, Kochen und die Faszination des Fremden… und eine Liebesgeschichte wie keine andere – für diese Zeit.

»*Englischer Harem* heißt Anthony McCartens charmante und scharfsinnige Liebesgeschichte, mit Dialogen, geschliffen wie feines Kristall.«
Angela Wittmann / Brigitte, Hamburg

»Eine derart turbulente, intelligent konstruierte und flott geschriebene Romankomödie gibt's nur selten.«
Hajo Steinert / Die Welt, Berlin

Auch als Diogenes E-Hörbuch erschienen,
gelesen von Rufus Beck

Hand aufs Herz

Roman. Deutsch von Manfred Allié

Brauchen Sie ein neues Auto? Oder vielleicht gar ein neues Leben? Hier ist Ihre Chance: ein Ausdauerwettbewerb, bei dem ein glänzendes neues Auto zu gewinnen ist. Doch für zwei der vierzig Wettbewerbsteilnehmer geht es nicht ums Gewinnen, sondern ums nackte Überleben. Was anfängt wie ein Kampf jeder gegen jeden, wird zu der Geschichte eines ungewöhnlichen Miteinanders.

»Kaum einer schaut den Menschen so tief ins Herz und ist dabei so komisch wie Anthony McCarten. Sein Händchen für skurrile Situationen und originelle Charaktere beweist er mit seinem dritten Roman *Hand aufs Herz*.« *Peter Twiehaus / ZDF, Mainz*

»Ein dramatischer, tragikomischer Roman über Engagement, Miteinander und neue Möglichkeiten.«
Publishers Weekly, New York

Auch als Diogenes Hörbuch erschienen,
gelesen von Rufus Beck

Liebe am Ende der Welt

Roman. Deutsch von Manfred Allié

Drei unschuldige Mädchen, die plötzlich schwanger sind. Von Außerirdischen, versichern sie. Ein spannender Roman über Wunder, Täuschungen und die Geschichten, die wir erfinden, um uns vor der Wahrheit zu schützen. Und eine phantastische Liebesgeschichte.

»*Liebe am Ende der Welt* ist eine Geschichte über verlorene und wiedergefundene Unschuld. Von einem Autor, der gleichzeitig Jongleur, Seiltänzer und Moralist ist.« *David Finkle / The New York Times*

»Der Roman *Liebe am Ende der Welt* ist fabelhaft. Bizarr, tragikomisch und glänzend erzählt.«
Dagmar Kaindl / News, Wien

Ganz normale Helden

Roman. Deutsch von Manfred Allié
und Gabriele Kempf-Allié

Im Internet ist Jeff ein Star, verdient viel Geld, vor allem aber kann er hier gegen die Geister kämpfen, die ihn nicht loslassen: Schule, Mädchen und den Tod seines Bruders. Sein Vater will nicht noch einen Sohn verlieren und loggt sich in die ihm fremde Welt der unbegrenzten Möglichkeiten ein. Dabei begreift er auch, was in der alten Welt wirklich wichtig ist.
Ganz normale Helden ist die Fortsetzung von McCartens erfolgreichem Roman *Superhero* und dennoch eine eigenständige Geschichte.

»Mit *Ganz normale Helden* legt Anthony McCarten erneut einen fulminanten Roman vor. Virtuos entlarvt er durch Perspektivenwechsel scheinbare Gewissheiten und bespiegelt die aus seinem Roman *Superhero* bekannte Familie Delpe.«
Stefan Hauck / Börsenblatt, Frankfurt am Main

»Bitter komisch, erschreckend traurig und voller Empathie.« *A. Hirsch / Frankfurter Allgemeine Zeitung*

Auch als Diogenes Hörbuch erschienen,
gelesen von Rufus Beck

funny girl

Roman. Deutsch von Manfred Allié
und Gabriele Kempf-Allié

Junge Londonerin zu ihren kurdischen Eltern: »Ich habe eine gute und eine schlechte Nachricht. Die schlechte: Ich werde Stand-up-Comedian. Die gute: Ich trage ab heute Burka – allerdings nur auf der Bühne.« Eine hochexplosive multikulturelle Gesellschaftskomödie.

»Anthony McCartens *funny girl* ist ein komischer und anrührender Roman über eine junge Frau, die sich mit Mut zur Provokation durchsetzt.«
Kester Schlenz / Stern, Hamburg

»Provokant, witzig.« *News, Wien*

Auch als Diogenes Hörbuch erschienen,
gelesen von Rufus Beck und Adriana Altaras

Licht

Roman. Deutsch von Manfred Allié
und Gabriele Kempf-Allié

Menlo Park, New Jersey, 1878. Thomas Edison könnte mit seiner genialen Erfindung, der Glühbirne, auf einen Schlag die Nacht zum Tag machen. Doch er ist bankrott. Da erhält er unerwarteten Besuch: von J. P. Morgan persönlich, der aus seiner New Yorker Bank ein weltumspannendes Imperium machen und mit Edisons Wunderwerk der Technik ganz Amerika elektrifizieren will. Nur zwei Menschen stehen diesem Plan im Weg: Edisons ehemaliger Assistent Nikola Tesla sowie sein erbitterter Konkurrent George Westinghouse, der behauptet, die Glühbirne als Erster erfunden zu haben.

»*Licht* schreit nach einer Verfilmung. In der Zwischenzeit: Unbedingt lesen!«
E & T Magazine, London

Jack

Roman. Deutsch von
Manfred Allié und Gabriele Kempf-Allié

Er ist nur noch ein Abglanz seiner selbst und säuft sich in Florida zu Tode: Jack Kerouac, Idol der Beatniks, der einst das Leben seines Freundes Neal Cassady ausschlachtete, um es zum Kultroman der 1950er Jahre zu verdichten. Da steht aus heiterem Himmel eine Literaturstudentin vor seiner Tür. Ihr Traum: als seine erste Biographin sein Leben aufzuschreiben. Ein Trip, von dem keiner der Beteiligten heil zurückkommt.

»Von Kerouac lernte ich zu schreiben. Seine Engel und Dämonen waren meine eigenen. Er ist der Held meines Buches über die Frage, wer wir wirklich sind.«
Anthony McCarten

Die zwei Päpste

Franziskus und Benedikt und die Entscheidung, die alles veränderte

Deutsch von Stefanie Schäfer

Enttäuscht von der Richtung, in die sich die katholische Kirche entwickelt hat, ersucht Kardinal Jorge Bergoglio Papst Benedikt XVI. um seine frühstmögliche Emeritierung. Doch statt diesem Wunsch zu entsprechen, beordert der von schockierenden Skandalen und immer heftigeren Selbstzweifeln geplagte Benedikt seinen schärfsten Kritiker und künftigen Nachfolger nach Rom, um ihm ein Geheimnis zu offenbaren, das die katholische Kirche in ihren Grundfesten erschüttern wird. Hinter den Mauern des Vatikans beginnt es zu brodeln.

»Der Bestsellerautor aus Neuseeland, der bislang vor allem mit Drehbüchern und Romanen hervortrat, hat nun ein fulminantes Sachbuch geschrieben.«
Evelyn Finger / Die Zeit, Hamburg

Andrea De Carlo im Diogenes Verlag

»Wenn Andrea De Carlo schreibt, scheint er die Kamera durch die Feder ersetzen zu wollen, und sein Stil, weit entfernt von jedem literarischen Vorbild, erinnert an die Bilder der Maler des amerikanischen Fotorealismus.« *Italo Calvino*

»Andrea De Carlo hat sich mit Geschichten über Hoffnungen seiner Generation, die Folgen der rasanten Industrialisierung und die Schattenseiten des haltlosen Hedonismus ein großes Publikum erschrieben.«
Maike Albath / Neue Zürcher Zeitung

Vögel in Käfigen und Volieren
Roman. Aus dem Italienischen von Burkhart Kroeber

Creamtrain
Roman. Deutsch von Burkhart Kroeber

Macno
Roman. Deutsch von Renate Heimbucher

Yucatan
Roman. Deutsch von Jürgen Bauer

Zwei von zwei
Roman. Deutsch von Renate Heimbucher

Arcodamore
Roman. Deutsch von Renate Heimbucher

Wir drei
Roman. Deutsch von Renate Heimbucher

Wenn der Wind dreht
Roman. Deutsch von Monika Lustig

Das Meer der Wahrheit
Roman. Deutsch von Maja Pflug

Als Durante kam
Roman. Deutsch von Maja Pflug

Sie und Er
Roman. Deutsch von Maja Pflug

Villa Metaphora
Roman. Deutsch von Maja Pflug

Ein fast perfektes Wunder
Roman. Deutsch von Maja Pflug

Das wilde Herz
Roman. Deutsch von Petra Kaiser und Maja Pflug

Margherita und der Mond
Roman. Deutsch von Petra Kaiser

Folgende Romane sind zurzeit ausschließlich als eBook erhältlich:

Techniken der Verführung
Deutsch von Renate Heimbucher

Guru
Deutsch von Renate Heimbucher

Joey Goebel im Diogenes Verlag

Joey Goebel ist 1980 in Henderson, Kentucky, geboren, wo er auch heute lebt und Schreiben lehrt. Als Leadsänger tourte er mit seiner Punkrockband ›The Mullets‹ durch den Mittleren Westen.

»Joey Goebel wird als literarische Entdeckung vom Schlag eines John Irving oder T.C. Boyle gehandelt.«
Stefan Maelck / NDR, *Hamburg*

»Solange sich junge Erzähler finden wie Joey Goebel, ist uns um die Zukunft nicht bange.«
Elmar Krekeler / Die Welt, Berlin

Vincent
Roman
Aus dem Amerikanischen von
Hans M. Herzog und Matthias Jendis

Freaks
Roman
Deutsch von Hans M. Herzog
Auch als Diogenes Hörbuch erschienen,
gelesen von Cosma Shiva Hagen, Jan Josef Liefers,
Charlotte Roche, Cordula Trantow
und Feridun Zaimoglu

Heartland
Roman
Deutsch von Hans M. Herzog

Ich gegen Osborne
Roman
Deutsch von Hans M. Herzog

Irgendwann wird es gut
Deutsch von Hans M. Herzog